JN055178

天空の異世界ビストロ店
Otherworldly Bistro in the Sky
〜看板娘ソラノが美味しい幸せ届けます〜
2
「待てーっ！食い逃げっ!!」
「うおっ……速えな!?」

異世界人
ソラノ
「お客さまは……フロランディーテ王女様ですよね」
王女
フロランディーテ
「あっという間に正体がバレてますニャア」
庭師
パトリス

王子
ロベール
「……探せ！
国中をくまなく
探すのだ！」
騎士
デルイ
騎士
ルドルフ

「完璧！
これぞまさしく
完璧なるガレット《ガレット・コンプレット》！」

# 天空の異世界ビストロ店

Otherworldly Bistro in the Sky

## 〜看板娘ソラノが美味しい幸せ届けます〜

2

Ryo Sakura

著 佐倉涼

Suzaku

ill すざく

口絵・本文イラスト
すざく

装丁
AFTERGLOW

# Contents



Otherworldly Bistro
in the Sky

# 【序章】賄いのシュー・ファルシ――花祭りの話――

「間も無く当飛行船は王立グランドゥール国際空港の第一ターミナルに着港します。ご乗船いただきありがとうございました」

アナウンスに合わせてソラノは飛行船を降りた。

第一ターミナルはまだ早い時間だというのにいつになく人が溢《あふ》れており、今しがたソラノが降りた飛行船に乗り込もうとする乗客でいっぱいだった。

ここは上空一万メートルに位置する雲の上の巨大な空港、王立グランドゥール国際空港。通称エア・グランドゥール。

世界最大の交通の要衝として空中輸送を掌握しているこの空港には、一軒の小さなビストロ店がある。

店は、王都とエア・グランドゥールとを結ぶ飛行船が発着している、第一ターミナルに存在していた。

ソラノはモスグリーンのワンピースの裾《すそ》をはためかせ、自分が働くビストロ店へと向かう。着用しているのは店の制服にしているワンピースだが、店には着替えるような場所がないため自宅からそのまま着て出勤していた。

前面がガラス張りになっている店は、閉店中の今は内部が見えないようにスクリーンが下ろされていた。

ビストロ　ヴェスティビュールと書かれた濃緑の庇《ひさし》をくぐって店の扉を引いて中へと入ると、そこにはすでに三人の牛人族《ぎゅうじんぞく》の姿がある。

「おはようございます」

「おぉ、ソラノちゃん、おはよう」

ソラノが挨拶《あいさつ》をすると、振り向いて真っ先に挨拶を返してくれたのは店主であるカウマン。

「おはよう。今日も元気そうだねぇ」

と言うのは、開店準備をしていたカウマンの妻であるサンドラだ。

「今しがた賄いができたところだ、まあとりあえず食べてくれや」

夫妻の息子であり、少し前まで人気料理店のサブチーフをしていたバッシがそう声をかけてくる。

三人とも身長が二メートル以上あり、体躯《たいく》もがっしりとしている。牛そのものの顔をしており、白と黒のまだらな皮膚を持つ彼らは獣人である。

「はーい」

ソラノは返事をすると、リニューアルしたばかりのピカピカの店内を横切って、カウンターから厨房《ちゅうぼう》の中へと入った。

すでに営業に向けて準備が着々とされており、いい香りが充満している。

「今日の賄いは何ですか？」

「今日はシュー・ファルシだ」

バッシが深皿に盛り付けたのは、ケーキのように切り分けられ、キャベツと肉だねが交互に重なったまるでミルフィーユのような形状の料理だった。

四人分を用意し、席について賄いを食べる。

店の営業時間は昼の少し前から深夜の手前まで。

出勤すると早めのランチを取り、そこからは店が一息つく夕方までずっと働き、そのあと閉店までもう一踏ん張りする。

なのでこの賄いによる腹ごしらえは非常に重要な意味を持っている。

カウマン達牛人族は、体が大きいせいかよく食べる。各々の皿に盛られたシュー・ファルシはソラノに与えられたものの三倍はあり、三人は難なくそれを平らげていった。

ソラノも自分の前にあるシュー・ファルシをナイフとフォークで切り分けて食べてみた。

肉だねはミンチにされた暴走牛《ぼうそうぎゅう》とみじん切りにした玉ねぎを合わせたもの。暴走牛はしっかりとした噛《か》みごたえがあり、間に挟まるキャベツは優しい甘みがあった。

スープには肉だねとキャベツの旨味《うまみ》が溶け出ており、飲み干してしまいたくなる味だ。

しっかり味わいながらソラノは料理の感想を述べた。

「美味《おい》しいっ。味はまるでロールキャベツですね」

「ロールキャベツ？」

カウマン一家が揃《そろ》って首を傾《かし》げたので、ソラノは説明を加えた。

「肉だねを丸めてキャベツで巻いた、一口サイズのお料理です。シュー・ファルシと味は似ているけど形状が違うんですよ」

「ほぉ。そんな料理があるのか」

「一口サイズとは面白いな」

「だがどうやって巻いたキャベツを留めるんだ？」

「端をしっかり中に入れ込むんですよ。今度作ってみましょうか？」

「そうだな。この時期は春キャベツが美味《うま》い。大量に仕入れてあるから、今度作ってみてくれや」

「はい、お安い御用です」

ソラノはシュー・ファルシを食べながらバッシへと返事をした。

プロ料理人であるカウマンとバッシに料理を教えるというのは変な感じがするが、見たいというなら作ってみよう。

ソラノはそれほど料理が得意ではないけれど、両親が共働きで家にいなかったのもあって家庭料理ならば一通り作れる。

「ついでにこっちのフリュイ・デギゼも食べてくれや」

「フリュイ・デギゼ？」

「フルーツの砂糖がけだ。デギゼは『変装した』って意味を持っててな、煮詰めた飴《あめ》で果物をコーティングしたデザートだ。今回は旬の苺《いちご》」

バッシが出してきた器の中には、キラキラした透明な飴を纏《まと》った苺が宝石のように輝いていた。

ソラノは一粒の苺にフォークを刺し、口に入れる。パキッといい音がして飴が割れ、中からジューシーな苺の果肉が現れた。文句なしに美味しい一品だ。

それにしても、この飴がかかった苺を見てソラノはあるお菓子を思い出した。

串《くし》に刺さったりんご飴だ。きっと艶《つや》やかさが似ているせいだろう。

屋台で売られているりんご飴は素朴で馴染《なじ》み深いが、バッシが作ったフリュイ・デギゼは非常にお洒落《しやれ》だった。きっと店の雰囲気と、透明なガラスの器と、そして苺の可愛《かわい》らしさが絶妙にマッチしているからだろう。盛り付けもいい。周囲に白い食用のベゴニアが散らされていて、フリュイ・デギゼを引き立てていた。

フリュイ・デギゼを食べながら、スクリーンの下りたガラス越しに聞こえる、飛行船の発着を告げるアナウンスと人々のざわめきに耳を澄《す》ませる。ガヤガヤと賑《にぎ》やかな声や足音は店の中にいても聞こえるほどで、ターミナルは慌ただしい喧騒《けんそう》に包まれていた。

店の窓越しに外を眺めると、陽《ひ》が煌々《こうこう》と輝き雲海を照らしている。抜けるような青空は爽《さわ》やかで、同じ快晴の空でも冬のどこか冷たさを感じるものとは異なる、優しさを感じさせる穏やかな天候だった。

「春ですねえ」

ソラノの言葉に相槌《あいづち》を打ったのはカウマンだ。

「春だな。キャベツも玉ねぎも新物だし、苺も出回っている。食い物が美味い、いい季節だぜ」

「空港利用客も増えて、賑やかになったねぇ」

サンドラはしみじみと呟《つぶや》く。

「ここから店はどんどん忙しくなるぜ。何せ王都では間も無く花祭りが開催されるからな」

バッシが大きな口でシュー・ファルシを咀嚼《そしやく》してから言う。

ソラノがこの世界に来てから、三ヶ月と少し。季節はすっかり春になっていた。

エア・グランドゥールのある大国グランドゥールの王都は別名「花と緑の都」と呼ばれており、一年を通して植物が生い茂り花が咲いているのだが、やはり最も美しく輝く季節は春だった。

青々とした葉が太陽の光を受けて成長し、冬とは比べ物にならないほどの種類の花が都中に咲き乱れ、甘い香りを漂わせている。建物全体を覆うかのように蔓《つる》が伸び、蕾《つぼみ》が花開き、都全体が緑で覆い尽くされる。中心にある王城を筆頭に、まさに地上の楽園のような場所となっていた。

ソラノは噂《うわさ》に聞く花祭りがどんなものなのか知るべく、カウマンに問いかけた。

「花祭りはそんなに有名なお祭りなんですか？」

「あぁ、国で一番大きな祭りだから、世界中の観光客が集まって来るんだよ。必然的にエア・グランドゥールも混み合うって寸法だ。まあ去年までのうちにはまるで無縁な話だったんだがなぁ。ソラノちゃんのおかげで、今年はうちも恩恵に与《あずか》れそうだ」

「本当に。ソラノちゃん、ありがとうねぇ」

カウマンの言葉に、サンドラも同意して礼を言ってくる。改めて感謝の言葉をかけられると、少し照れくさくなった。

「皆で掴《つか》んだ結果です。私はただ、きっかけを作っただけというか……」

「それでもソラノちゃんが言い出してくれなかったら、店はきっと潰《つぶ》れていた」

バッシまでもがそんな風に言う。

三ヶ月前まで、確かに店に客はほぼ来ておらず、潰れる寸前だった。

店の立て直しは、この世界に迷い込んできたソラノの一言――「私このお店のお手伝いします！」から始まったのは間違いない。

カウマンとサンドラと一緒にバゲットサンドを作って売ったり、バッシが途中から参加して皆で見栄えのする料理を考えて作り上げ、空港の商業部門の責任者エアノーラや経営者の一人にして王族であるロベールを説得したりして、店は今の状態に生まれ変わった。

見た目が美しく、食べて美味しい料理を提供するビストロ店として、エア・グランドゥールに存在するビストロ　ヴェスティビュールは貴族や冒険者、空港職員など、客層の垣根を超えてたくさんの客がやってくる人気店としての地位を確立しつつある。

「花祭りに向けて、今まで以上に仕込みをたくさんするとしよう！」

カウマンは口を大きく開けて、牛そのものの顔に快活な笑みを浮かべる。数ヶ月前までは店の存続を諦《あきら》めていたというのに、今ではイキイキとしていた。ソラノはカウマンに質問を重ねた。

「具体的には何をするお祭りなんですか？」

「春の到来を喜ぶ祭りだ。花祭りの開催は、城での舞踏会から始まる。国中の貴族が集まって春の到来を祝うわけだが、庶民の俺達にはまあ舞踏会は関係ない。目玉となるのは城前に広がる広場——モンマルセル広場での催しだ。出店が沢山出るから、見ていて飽きないぞ。花冠を売る店、ガラスや木彫り細工を売る店、そしてもちろん食べ物を売る店。王都中の有名店がこの日のために準備をして、自慢の一品を売るんだ。広場の中央はダンス会場になっていてだな、楽団も来て音楽を奏でる。城の舞踏会より楽しいと俺は踏んでいるぜ。まあ、舞踏会なんて行ったことないがな！」

はっはっは！　と笑うカウマンはまるで一〇歳ほど若返ったかのようだった。やる気は人を若返らせるらしい。いつになく饒舌《じょうぜつ》なカウマンの話を聞いていると、こちらまでつられて楽しくなってくる。

花祭りかぁ、とソラノは思いを馳《は》せた。さぞかし大きなお祭りに違いない。

話を聞いていたバッシもシュー・ファルシを食べながら会話に参加してくる。

「今年は特に盛り上がるぜ。なんせ王国の第七王女様と友好国の第一二王子様の婚約発表があるって噂だからな」

「そんな噂あったんですか？　知らなかった……」

「市場に行けば色んな噂が流れてる。なんでもお相手の王子様の方が、王女様に熱心に求婚しているという話だ」

話を聞いたソラノはふとあることに思い至り、口元まで運んでいたシュー・ファルシの刺さったフォークを皿の上に下ろした。

「それってもしかして、ロベールさんの妹さんでしょうか」

「だろうな。ところでソラノちゃん、お客様として来ていない時には『殿下』とお呼びしてくれ。心臓に悪い」

「あ、すみません」

王族にしてエア・グランドゥールの経営者でもあるロベールだが、店では名前で呼んでくれと言われているので、ソラノからすると「殿下」より「ロベールさん」の方が呼び慣れてしまっていた。確かに店の外で出会った時、うっかり「こんにちは、ロベールさん」などと王族に馴《な》れ馴《な》れしく話しかけてしまっては問題だ。

ロベール本人は気にしないだろうが、周囲の人間は不敬だと見なすに違いない。店に来ている時はロベールさん、それ以外は殿下と呼ぶように今から癖をつけておくべきだろう。

「殿下の妹さん……お名前は……」

「フロランディーテ王女殿下だ。今年で御年一三歳になるらしく、噂では、花の妖精《ようせい》のように愛らしいお方だそうだぞ」

「ロベール殿下の妹さんなら、確かにさぞ整ったお顔立ちなんでしょうね」

ロベール自身もキリリとした顔立ちの美丈夫であるからして、妹のフロランディーテもきっと美しい容姿を持っているに違いない。

「そういえば元気がないのでお店に連れてくると前にお話しされていましたけど、結局来ていませんね」

「この時期はどこもかしこも忙しいからな。特に王女様は婚約を控えている身、そうおいそれとは外出できまい。いち段落ついて、空港利用客も減った頃にでもいらっしゃるんじゃないか」

バッシの言葉にソラノは納得した。婚約発表を控えている時に何か事件にでも巻き込まれたら大変だろうし、来るならば花祭りが終わった後だろう。

「いずれにしても、お幸せになって欲しいですね」

「おうよ。諸国と友好関係を結ぶために政略結婚が必要だとはいえ、そこに愛があるに越したことはないからな！」

絶賛独り身を謳歌《おうか》しているバッシはシュー・ファルシを頬張りながらいい笑顔で言った。

同じく賄いをもぐもぐするサンドラがソラノに顔を向けた。

「花祭りの初日は店も休みにするから、ソラノちゃんも友達誘って一緒に行くといいさね。きっと楽しいよぉ」

「はい」

誰と行こうかと考える。友達と言われて真っ先に思い浮かぶのは、商業部門で事務職員として働くアーニャだ。むしろ、まだこちらの世界に来て日が浅すぎるソラノにとって、友達と呼べる人物はアーニャくらいしか存在しない。

しかし昨日店へやってきたアーニャは「忙しすぎて花祭りの初日に休み取れなかったわ……ショック」と言っていた。どうしよう、と思ったソラノはカウマン夫妻に質問をした。

「お二人はどうするんですか？」

するとサンドラがカウマンに目配せをする。

「勿論《もちろん》、行くに決まってるさね。花祭りデート、久しぶりさねぇ」

「よせよ、デートって歳《とし》じゃねえだろ」

とは言いつつもカウマンの顔は満更でもなさそうで、既に六〇を過ぎている二人であるが夫婦仲が良いことこの上ない。これを邪魔するのは忍びなかった。

「バッシさんは……」

「俺は『女王のレストラン』時代の仕事仲間と回ることになっている」

「そっかぁ」

皆それぞれ、年に一度の大きな祭りを一緒に楽しむ人がいる。

ソラノは誰と行くかはおいおい考えればいいやと結論付けた。なんなら一人でも構わない。

賄いを食べ終えた面々は立ち上がる。カウマンが皿を手に気合を入れた。

「おし、じゃあ、今日もやるかぁ」

「はい！」

ソラノは腰にエプロンを巻き付けると、本日の営業に向けて開店準備に取り掛かった。

## 【一品目】ポトフ ―犬人族《けんじんぞく》のお客様―

バッシが予想した通り、店は開店すると同時にお客様が次々に来店して忙しさに襲われた。

バゲットサンドを買ってゆく冒険者やエア・グランドゥールの職員、店の中で食事をするべく入ってくる上流階級の人々。

店の開店時間は昼の少し前からであるものの、訪れる人は後を絶たない。少し早めのランチを取ろうとするお客様が非常に多かった。

次々に注文が入り、厨房《ちゆうぼう》のカウマン達も接客担当のソラノもてんてこ舞いである。

「バッシさん、花畑のツィギーラのオムレツとビーフシチュー二つずつお願いします」

「はいよ」

ソラノは注文を通しながら飲み物の用意をし、持って行く。普段であれば、息つく暇もない程目まぐるしいランチタイムを乗り越えれば少しの休憩時間が訪れるのだが、花祭りが近い今は全くと言っていいほどにそんな時間はやって来なかった。

ひっきりなしに訪れるお客様に対応すべく、ともかく四人で店を切り盛りする。

ソラノは帰っていくお客様の会計を済ませ見送り、空いた皿を下げている最中、またも新しいお客様が店前にいることに気がついて扉に近づいた。

お客様は犬の獣人――犬人族だった。白い毛並みに覆われたお客様は右手に異様に大きな鞄《かばん》を握っている。エア・グランドゥールから飛行船に乗ると長旅になるため、大荷物を抱えているお客様は珍しくないのだが、それにしてもかなりの大きさの鞄だ。人一人、ソラノくらいの大きさならば入ってしまいそうなその鞄を思わず見つめてしまったソラノだったが、慌てて視線をお客様の顔へと戻して笑顔を作る。

「いらっしゃいませ、お一人様でしょうか」

「ああ」

お客様はどこかぼんやりとした目つきで答える。

「カウンターのお席でよろしいですか？」

「いいよ」

「ではこちらのお席にどうぞ」

ソラノは今しがた片付けたばかりのカウンター席へとお客様をお通しする。

犬人族の客は鞄をカウンター下のスペースに押し込むと、自分は椅子に腰掛けた。

「本日のおすすめは……」

ソラノが果実水とおしぼり、メニュー表を持って近づき、メニューの説明をしようとした時、椅子の下に押し込んだ鞄がガタガタと左右に揺れた。不自然すぎる鞄の動きに説明を止めたソラノが椅子の下を見つめると、犬人族の客は屈《かが》んで鞄を手で押さえた。

「置いたバランスが悪かったようだね、ずれてきてしまったみたいだ」

なんてことのないように言うと、人の良さそうな笑みを浮かべた。引き伸ばされた口から鋭い牙《きば》が覗《のぞ》き、赤い歯茎が剥《む》き出《だ》しになった。

「……本日のオススメは、ポトフです」

気を取り直したソラノが果実水を置きながら言えば、「じゃあ、ポトフをお願いするよ」と犬人族の客はすぐに注文をした。

「かしこまりました、お飲み物はいかがしますか？　グラスワインも揃《そろ》えておりますが」

「いや、急いで飛行船に乗らねばならないから、アルコールは遠慮しておくよ。どうしても行かなければならない場所があるんでね」

「かしこまりました」

「なるべく急いで料理を持って来てもらえると助かるんだけど」

「はい、厨房に伝えます」

ソラノはオーダーを書きつけた注文表を並べつつ、キッチンで恐ろしい速度で調理し続けているカウマンとバッシに声をかけた。

「カウマンさんバッシさん、ポトフを一皿お願いします。お急ぎのお客様だそうで」

「おう、バッシ頼む」

「オッケーだぜ、親父《おやじ》。ポトフなら盛り付けるだけだからすぐ出せる」

そうしてバッシは巨大な寸胴鍋《ずんどうなべ》に近づくと中身をすくいあげた。店で出しているポトフは、皮を剥いて面取りした野菜と、紐《ひも》で縛った塊の暴走牛のスネ部分がそのまま豪快に鍋に入れられぐつぐつ煮込まれている。数種類の束ねたハーブが投入されているので、野菜と肉の香りの他にハーブの爽《さわ》やかな香りが周囲に漂った。

バッシはごろりとした野菜と肉を取り出して薄くスライスする。じゃがいも、キャベツ、玉ねぎ、蕪《かぶ》といった春を代表する野菜達は彩り豊かで見た目にも美味《おい》しそうだ。深皿に野菜と肉を綺麗《きれい》に盛り付けしてから、アクを抜いたクレソンを中央に載せ、旨味《うまみ》をたっぷりと吸い込んだスープを回しかけてソラノへと手渡す。

「出来たぞ」

「ありがとうございます」

ソラノは用意しておいたスライスバゲットとポトフを手に、犬人族のお客様の元へと向かった。

「お待たせいたしました。ポトフです」

「ああ、どうも」

犬人族の客はスプーンを手にポトフをすくいあげる。香りを吸い込み目を見開いた。その目は先ほどまでのぼやっとしたものとは異なり、少し正気を取り戻したかのように見える。

「ソラノちゃん、入口のお客様をお願いしていいかい？」

「はい、サンドラさん」

サンドラに呼ばれたソラノは、犬人族の客の前を離れ、次なる客の出迎えへと行く。

そのまま注文を取り、料理を運び、飲み物を注いでいるうちに食べ終えた犬人族の客が帰り支度を始めたのを見て、ソラノは素早く店内を横切り、近づいた。

「ありがとうございました」

「ああ、美味しいポトフだったよ」

立ち上がった犬人族の客は瞬間、不思議な行動をした。まるで今しがた目覚めたかのようにはっとすると、キョロキョロと周囲を見渡す。頭に手をやってかきむしり、困惑した表情を浮かべた。

「ここはどこだ……？」

「エア・グランドゥールの第一ターミナルにある、ビストロ　ヴェスティビュールというお店です」

「エア・グランドゥール？　王都郊外に浮かぶ、あの雲の上の空港かい？」

「はい」

「なぜ私はそんなところに……」

言いかけた犬人族の客はしかし、足元に置いてあった旅行鞄がガタリと揺れたことでそちらに意識が逸《そ》れる。鞄は誰の目から見ても明らかに、ひとりでに揺れていた。ガタガタと揺れる鞄を見つめているうちに客の目がだんだんトロリとしてきて、そうして揺れる鞄を掴《つか》み上げた。

「あぁ、そうだった。急いで行く場所があるんだった、いやぁ忘れるところだったよ。では、ご馳《ち》走様《そうさま》」

硬貨を置いた犬人族の客はそう言うと急ぎ足で店を出て行った。鞄の揺れはぴたりとおさまり、もう今ではごく普通の旅行鞄にしか見えなくなっていた。

空いた皿を持ってカウンター内に戻ったソラノは一心不乱に調理をしているバッシへと問いかける。

「バッシさん、この世界の鞄って……動くんですか？」

「何ぃ、鞄が動く？」

「はい。今お帰りになった犬人族のお客様の鞄が動いていたんですよ。すごい大きな旅行鞄が左右にガタガタと」

バッシは調理する手を止めずに目線だけをソラノへと寄越《よこ》し、ふむぅと唸《うな》った。

「そりゃ、中に何か生き物が入ってるな」

「鞄に生き物を入れるんですか？」

驚くソラノにバッシは肩を竦《すく》めた。

「長旅だから、ペットを連れて行く旅行客もいるだろう。あとは魔物使いならば当然、使役している魔物を連れ歩くものだ。まあ普通は鞄の中じゃなく檻《おり》に入れるもんだがな。人目があると落ち着かないタイプの生き物なのかもしれん」

「なるほど……」

ソラノは納得した。この世界についてまだまだ知らないことだらけのソラノからしてみると、鞄に生き物を詰めて持ち歩くというのは中々衝撃的な事実ではあるが、理由があってのことなのだろう。

それにしてもあの鞄はかなりの大きさなので、ちょっとやそっとの衝撃では動かなそうだ。あれだけガタガタと動くとしたらよほど大きな生き物が入っているに違いない、と思った。一体何が入っているんだろう。

そうしてふと、物騒な想像が頭を駆け巡る。

（もしかして……誘拐された子供とか……？）

ソラノですら体を折り畳めば入りそうな大きさの鞄だった。子供一人くらいであれば訳もなく入るだろう。犬人族の客のとろりとした目つきを思い出し、ソラノはなんだか空恐ろしくなり質問を重ねる。

「ね、ねえバッシさん。飛行船に乗る前に荷物検査とかあるんですか？」

「当然だ。危険物が持ち込まれでもしたら、大変だからな。探知魔法でチョチョイのチョイと、エア・グランドゥールの検査官達が使う魔法精度は素晴らしいと聞くぜ。まあそれで仮に見逃したとしても、何か怪しげなものがあれば巡回している騎士様が気がつくだろう。ソラノちゃんも、騎士様の腕前は知っているだろう？」

「はい、確かに」

ソラノは己が知っている空港の護衛騎士、デルイを思い浮かべる。夜の空港の中央エリア、冒険者の酒場にて酔客の起こす喧嘩《けんか》を華麗に止めたデルイの腕前は見事であった。剣と魔法の腕前に優れた彼らならば、きっとどんな事件でも解決するだろう。

彼は店の常連でよくバディのルドルフと共に店に来る。今夜来たら相談してみよう、とソラノは密《ひそ》かに心に決めた。

＊＊＊

「ええ、何だって」

「ですので、龍樹《りゅうじゅ》の都行きの本日分の乗船券は、完売しております」

大きな旅行鞄を手にした犬人族の男、シモンはカウンターにいる空港案内係の言葉を聞いてほとほと困り果てていた。

「三等船客室でいいんだ。何なら、甲板の隅に置いてくれたって構わない。どうしても龍樹の都に行かなくちゃならないんだよ、何とかならないか」

「そう言われましても……船の定員は決まっておりますので、私どもとしましてはどうすることもできません」

「そこを何とか。一人分で構わないんだ」

「申し訳ありません」

空港案内係の女性は申し訳なさそうに、しかしキッパリと言い切った。

シモンは頭に手をやり、自身の白いふさふさな毛並みを撫《な》でる。

「困ったなぁ……今売っている乗船券で、一番早い出港はいつになる？」

「明日の昼の便ですね」

「ならそれを一枚、お願いするよ」

「はい、承知いたしました」

空港案内係が発券してくれた乗船券を手にしたシモンは、ふぅとため息をついた。エア・グランドゥールから龍樹の都への飛行船は頻繁に航行しているため、ここまで来ればすぐに船に乗れるだろうと思っていたが、予想とは裏腹に明日まで待たなければいけなくなってしまった。

当日券を購入するべくやって来た第三ターミナルは、船を降りる客とこれから船に乗る客とでごった返している。

なぜこんなにも混んでいるのだろうと考えたが、そういえば花祭りの季節であることにようやく思い至った。

「なるほど混んでいるはずだ」

貴族の利用者が、護衛と大荷物を手にした使用人を引き連れて船から降りて来るのを見ながらシモンは呟《つぶや》く。

この時期、国中の貴族は王城で行われる社交界の開幕を告げる舞踏会へと参加する。なので旅行をしていた貴族達がこぞって帰国しているのだろう。それと、龍樹の都から花祭りを見に来る観光客の数も桁違《けたちが》いだ。

ならばエア・グランドゥールから龍樹の都へと向かう客の数は少なそうなものだが、そうは行かない。

春先の龍樹の都は精霊の力に満ち満ちており、希少な植物採取や冬眠から目覚めた生物観察の絶好の機会となる。研究者や学者、国の調査団といった面々が普段より多く乗り込む時期だった。

「厄介な時期だな……しかし今更、延期はできないし」

シモンは左手で持った鞄《かばん》を見下ろした。鞄の中はしんと静まり返っており、先ほど入った店の中で見せたようなガタガタする様子はまるで感じさせない。腕を通して伝わって来る気配から、寝ているのだろうな、と思わせた。

早く、一刻も早く連れて行かなければとシモンは思い、離れたカウンターに再び近づいた。先ほど応対してくれた、金髪をひっつめにして赤い口紅を塗った空港案内係に話しかける。

「私は今夜、エア・グランドゥールの上にある宿泊施設に泊まるから。もしも船に空きが出たらすぐに知らせてくれないだろうか」

「かしこまりました。施設に連絡を入れるようにいたします、シモン・デルベ様」

「よろしく頼むよ」

これでいい、と思いシモンは今度こそ第三ターミナルを後にした。

次にやるべきことは、宿泊施設の空きを確認することだ。エア・グランドゥールは雲の上に浮かぶ巨大な空港で、その設備はいち交通機関の域を大幅に超えている。

中央一階には飲食店や土産物が並ぶエリア、その上に宿泊施設を有しており、さらに上には展望台までもがあるという。

中央エリアにやって来たシモンは、並び立つ飲食店や土産物店には目もくれずに、エア・グランドゥールを貫いて天に昇るかのように聳《そび》え立《た》つ二つの螺旋《らせん》階段を見上げる。

上った先には宿泊施設、さらに上には展望台。

対になった螺旋階段は鉄製の手すりに精緻《せいち》な細工が施されており、それぞれが優美な曲線を描いている。上る客と下りる客とがぶつからないようわざわざ二本作り上げたというところに、利用客への配慮を感じさせた。

「さて、早い便が空くといいんだが」

さっさと飛行船に乗り込み、龍樹の都へと行き安心したい思いが強い。

はやる心を抑えつつ、シモンは中央エリアから延びる精緻な螺旋階段を上って宿泊施設へと向かった。

## 【二品目】パングラタン　―金髪のお客様とカーバンクル―

「間も無く当飛行船は王立グランドゥール国際空港の第一ターミナルに着港します。ご乗船いただきありがとうございました」

「あぁ、やっと着いたかぁ」

飛行船からぞろぞろと降りる客に紛れて、一人の青年が言った。大荷物を抱えている他の利用客に比べると、青年の荷物は少ない。両手に鞄はなく、革のリュックを背負っているのみである。そのリュックとてそう大きくはない。

そもそも青年はエア・グランドゥールに来る予定など無かったので、それも当然の話だった。

青年の名はマルクという。

マルクは飛行船を降り、第一ターミナルへと足を踏み入れる。

やれやれと息をつきながら周囲を見回し、ポケットの中に手を入れる。すると腕を伝って一匹の手のひらサイズの生物がマルクの肩に乗り、頬に頭を擦り寄せた。美しく滑らかな金色の毛並み、燃えるような赤い宝石が額に嵌《は》め込まれているその生物は、カーバンクル。

希少生物として保護されているカーバンクルを、わざわざエア・グランドゥールにまで連れて来たのには訳があった。

マルクは第一ターミナルのそこかしこにある巨大な窓の一つに目をやり外を見た。

雲の上は闇夜が支配しており、天空にある空港からは地上よりも近い距離で星が瞬いているのが見える。

「あぁ……随分時間がかかったけど。本当にここで合っているのかい、ヴェル？」

マルクが話しかけると、カーバンクルのヴェルは肩の上で自信ありげに尻尾《しっぽ》を上下に振った。

カーバンクルは賢い生き物だ。その小さな体には魔素が満《み》ち溢《あふ》れており、額に嵌《は》まった赤い宝石からは人智の及ばない強力な魔法が発せられる。

普段は王都から近い学術都市ヴィルールにある希少生物保護施設にて、大切に保護されているのだが、今日は緊急事態のためにこうして外へと連れ出した。

まだ一七歳である年若いマルクに重大な役目が任されたのは、ヴェルがマルクに一番懐いていたからに他ならない。

カーバンクルは気難しいので、心を許した人間にしか懐かない。他の人間がどれほど懇願しても力を貸してはくれないだろう。

可愛《かわい》い見た目に反して強力な力を持つヴェルは今、マルクの肩の上で満足そうにちょこんと座っていた。マルクは右手で柔らかな毛並みを撫でながらキョロキョロと周囲を見渡す。

「お前が残っていてくれて助かったよ。けど、ここから先はどこにいるんだろう」

マルクは遥々《はるばる》ヴィルールからやって来て、たどり着いた先がエア・グランドゥールであることに少しの不安を覚えていた。

金髪の前髪の間から覗《のぞ》く緑色の瞳《ひとみ》で周囲を見渡し、頭上を飛び交うアナウンスに耳を澄ませる。

「まさかもう出国したってオチじゃあないだろうな……」

するとヴェルは伸びている尻尾を忙《せわ》しなく左右に振って、否定の意思表示をした。

「じゃあ、どこにいるんだろう」

マルクは第一ターミナルに存在している案内板を見上げながら言った。

エア・グランドゥールは広い。おまけにこの場所は貴人や要人といった人々が数多く利用するので警備が手厚く、幾重にもさまざまな魔法が張り巡らされている。

気配を探るのに優れたカーバンクルを連れていても、一筋縄では行かないことは確かだろう。

しかしそんなマルクの心配をよそにして、ヴェルは瞬時に尻尾をぴっと矢印のように動かしてマルクが進むべき道を指し示した。

視線で先を追うと、尻尾が示したのは一軒のビストロ店であった。ガラス張りになった店の前面からは内部の様子が見て取れたが、マルクの探し人の姿はない。あの人は結構目立つ状態でいるだろうから、こんな場所で悠長に食事をしているとも思えないのだが。

「……本当に？　ここにいるの？」

カーバンクルは間違いない、と自信ありげな表情で尻尾をゆらゆらと揺らしている。

「お腹《なか》が空《す》いているだけじゃなくて？」

半眼になって問いかけると、ヴェルのつぶらな瞳が若干揺らいだ。

「ほら、図星じゃないか」

しかしマルクの指摘に腹を立てたのか、ヴェルはぴしりと尻尾でマルクの頬を打《ぶ》った。そうされてもくすぐったいだけでちっとも痛くなんてないのだけれど、マルクは手を上げて降参の意を示す。

「わかったわかった、入るよ。ちょうど僕も腹ごしらえをしようと思っていたところだったし。何せヴィルールからここまで、ほぼ休みなく来たからね」

マルクは店の前に張り出している庇《ひさし》に書いてある文字を読み取り、舌の上で転がしてみる。

「ビストロ　ヴェスティビュールかぁ……洒落《しゃれ》た名前だな」

エア・グランドゥールの第一ターミナルにあって「玄関」の名前を冠するとは、名前をつけた人はいい趣味をしている。

庇をくぐって開け放たれている扉から店に入ると、すぐに給仕係がやって来てくれた。

モスグリーンのワンピースを着た給仕係は、朗らかな笑顔で問いかけてくる。歳《とし》の頃はマルクと変わらないくらいだろう。しかしマルクは結構な童顔なので、実年齢よりやや年下に見られがちだった。子供扱いされないよう、表情と口調に気を付ける。

「いらっしゃいませ、お一人様でしょうか」

「ああ」

「カウンターのお席でよろしいでしょうか」

「あー……できればテーブル席で。あの席がいいな」

「かしこまりました」

頷《うなず》いたマルクを給仕係は案内し、一つの席へと誘導する。マルクが指定した席は、店内も店外も一様に見渡せる格好の場所だった。

席についたマルクは、テーブルに置かれた水に口をつける。ほのかに柑橘《かんきつ》の味がする水を一気に飲み干すと、自分は案外喉《のど》が渇いていたんだなと気がついた。同時にひどい空腹を覚える。

「何か、がっと食べられるものはあるかな」

マルクが給仕係に問いかけると、給仕係はおかわりの水を注《つ》ぎながら応じる。

「肉や魚など、お好みはありますか？」

「実は、肉も魚もあんまり得意じゃないんだ。どっちも使わないで満足感のあるものを食べたい」

面倒なことを頼んでいる自覚はあるが、好きでもないものを金を払って頼む趣味もない。正直に伝えたマルクに、給仕係はいやな顔ひとつせずに提案をしてきた。

「でしたらパングラタンはどうでしょうか。パンを器に見立て、じゃがいもとチーズを入れてお作りしますので、肉も魚も使わずに満足感を得られます」

「いいね、それでお願い。それから、苺《いちご》はある？」

「はい。本日ですと苺を載せたタルト・フレーズか、飴《あめ》がけにしたフリュイ・デギゼがございます」

「それならフリュイ・デギゼの方を貰《もら》おうかな」

「かしこまりました。食後にお持ちいたします」

「いや、食事と一緒でいいよ」

言ってマルクは、未《いま》だ肩に乗ったままのカーバンクルにそっと触れた。

「この子の好物なんだ」

「そうでしたか。生の苺もご用意できますが、フリュイ・デギゼでよろしいでしょうか？」

「うん、むしろその方が助かる」

カーバンクルは普通の動物とは異なる、魔法生物だ。特に今日はたくさん魔法を使わせてしまったので、きっとお腹も減らしているだろう。苺はカーバンクルの好物であり、ヴィルールの研究所では年中収穫できるようにわざわざ魔法温室で苺の栽培までしている。そんな苺に飴を纏《まと》わせたとなれば、甘い物好きのヴェルも満足するに違いない。

再び「かしこまりました」と言った給仕係は飲み物を尋ねてきたが、アルコールはやめておく。マルクはここでやるべきことがあるので酔っ払っている暇はない。

マルクは給仕係がいなくなるや否や店の中をさっと見回した。

「やっぱりいないじゃないか……ヴェルの勘違いじゃないか？　それともやっぱりお腹が空いていただけ？」

しかしカーバンクルは反論するかのように、またも尻尾をぴしりぴしりと揺らしてマルクの頬を打つ。くすぐったい攻撃にマルクは鼻をふがふがさせた。

「わかったわかった、疑ってごめんって……くしゅん」

小さくくしゃみをして洟《はな》を啜《すす》った後、少し考える。

「きっと魔素の残滓《ざんし》があったんだろうな。ここに来るまでもそうだったし」

ヴェルはその通り、とでも言いたげな表情をした。

「お待たせいたしました、パングラタンとフリュイ・デギゼです」

「わぁ」

給仕係の手に持つ料理を見た途端、思わず顔が綻《ほころ》んだ。置かれた平皿には、大胆にも丸いパンを器に見立てた熱々のグラタン。そして透明な器の中には、飴を纏って艶《つや》やかに輝くまるで宝石のような苺がそれぞれ載っている。

待ってましたとばかりにヴェルが肩から飛び降りると、置かれた透明な器に頭から突っ込んでフリュイ・デギゼを食べ始めた。金色の毛並みが飴でベタベタになるのも構わず一心不乱に食べる姿を見て、マルクは行儀の悪さを小さく咎《とが》める。

「こら、ヴェル」

ヴェルはマルクの叱咤《しった》などどこ吹く風で、あっという間に器に盛られた飴がけの苺を食べ尽くしてしまい、名残惜しそうに器に残った透明な飴を舐《な》めている。

そんなヴェルの様子を見た給仕係がおかしそうに笑う。

「可愛いですね、ヴェルという名前なんですか？」

「あぁ、正式名はヴェルミヨンというんだ。ほら、額に嵌まっている宝石の色が朱色だろう？　だからそれにちなんで、朱色《ヴエルミヨン》」

カーバンクルは生まれつき額に赤い宝石を有しているのだが、その色は個体によって微妙に違う。燃える炎のように赤いものもあれば、くすみがかった赤のものもある。ヴェルの宝石は黄色みを帯びた赤色だ。給仕係はへえ、と声を漏らした。

「初めて見る生き物ですけど、とても賢そう」

「そうなんだ。カーバンクルは賢い魔法生物なんだよ」

「カーバンクル？」

「そう、こう見えて強力な魔法を使うんだ」

自分の話をされているのだとわかっているヴェルは、二本足でテーブルの上に立つと人間がするように腰に手を当てて胸を反らした。ポーズ自体は様になっているが、全身が飴でベタベタしているので台無しだ。あとで綺麗《きれい》にしなければ、とマルクは考える。

しかしヴェルはまだまだフリュイ・デギゼを食べ足りないようで、前足で器を叩《たた》いてねだるようにマルクを見上げていた。

「フリュイ・デギゼ、おかわり貰えるかな」

「かしこまりました」

給仕係がふた皿目のフリュイ・デギゼを持ってきて、ヴェルが先ほどよりゆっくりと苺を食《は》み出したところで、ようやくマルクも自分の注文した料理へと向き合った。

グラタンは先ほどまで表面のチーズがぶくぶくと泡立つほどに熱せられていたが、今は落ち着いてきている。それでもスプーンを差し込むと中から湯気が立ち込めて、マルクの視界は一瞬、真っ白になった。

ごろっと切られたじゃがいもをすくいあげるとチーズがとろりと糸を引く。口にすると、濃厚なベシャメルソースとホクホクとしたじゃがいも、それに塩気の効いたチーズの味わいが一度にやってくる。

ナイフを持って器のパンを切り分け、グラタンと一緒に食べてみると、そのままではかたすぎるハードタイプのパンがグラタンのソースを吸っていい感じに柔らかくなっていた。

確かにマルクの注文通りに、肉も魚も使わずに満足感を得られる一品だ。

使命を一度忘れて心ゆくまで料理を堪能していると、ふた皿目を食べ終えたヴェルがまたもや前足で器を叩いておかわりを催促した。

「えぇ……まだ食べたいのかい？　さすがに食べ過ぎだから、やめておいた方がいいよ」

ヴェルはマルクの返事に納得がいかないようで、忙しなく前足で器を叩いてはガタガタ言わせていた。

「こらっ、静かに。こらこら……シーっ」

他の客の迷惑になることを恐れ、マルクは慌ててパングラタンを食べると席を立つ。抵抗を見せるヴェルをポケットへと詰め込むと、給仕係を呼んで会計を済ませた。

「ご馳走様《ちそうさま》。あ、ひとつ聞きたいことがあるんだけど、いいかな」

「はい、なんでしょうか」

「この店に大荷物を抱えた犬人族のお客が来なかった？　探しているんだ」

すると給仕係はちらりとマルクを見上げ、探るような表情を見せた。同じほどの年齢だと思った給仕係であったが、その視線は年相応のものではない。

守秘義務のある仕事に就いているマルクは、給仕係の黒い大きな瞳《ひとみ》に宿す感情に自分と似たものを感じ取った。これはある程度事情を話さなければ、喋《しゃべ》ってもらえそうにない。

「僕の名前はマルク。実は探している犬人族のその人は、僕の仕事の上司にして恩師にあたる人でね。今日いきなり、姿をくらませてしまって。ヴェルの力を借りてここまで追いかけてきたんだ。何か知っていることがあれば教えてくれないかい」

「そういうことでしたら。今日のお昼頃にいらっしゃいました。お食事された後、『急いで行く場所がある』とおっしゃって去って行きましたよ」

「あぁ、やっぱり来ていたのか」

ポケットの中で話を聞いていたヴェルは「そら見たことか」とでも言いたげに胸を反らせた。

「助かったよ。じゃ」

「ありがとうございました」

給仕係は人の良い笑みを浮かべてからお辞儀をし、マルクを見送った。

店を出てからマルクはポケットの中で未だモゾモゾし続けるヴェルに話しかける。

「ヴェル、どこにシモンさんがいるかわかるかい」

するとポケットからヒョイと顔を覗《のぞ》かせたヴェルの顔は、非常に不満そうであった。きっと苺のおかわりをマルクが許さなかったせいだ。へそを曲げたカーバンクルをなんとか宥《なだ》めすかそうと、人差し指で頭を撫《な》でてやる。

「拗《す》ねてないで教えてくれよ。無事に見つけ出したらいくらでも苺をあげるから。本当だって。僕が嘘《うそ》をついたことがあったかい？」

表情豊かなヴェルはしばし猜疑心《さいぎしん》に満ちた目でマルクを見つめたが、やがて納得したようだった。

「さて、捜索の続きとしようか。どこら辺にいるかわかるかな」

ヴェルはポケットの中から顔を出したまま、耳をピンと立てた。額の中央にある朱色の宝石が淡く光る。これはカーバンクルが魔法を使っている印だ。

そうしてしばらく集中したのちにヴェルが尻尾《しっぽ》で指し示したのは、エア・グランドゥールの中央エリアの方角だった。

「中央エリアか……よし、行こう」

目的とする人物までの距離は随分縮まっている。なんとしてでもここで捕まえなければ。

マルクは気合を入れ直し、中央エリアへと向かった。

しかし空港の中央エリアは予想以上に広く、冒険者と富裕層の二つに分かれたエリアはどちらもマルクのような人間が立ち入るには場違いの場所であり、捜索は難航を極めた。

ヴェルはあっちこっちと尻尾を忙しなく動かすし、シモンの居場所の特定がどうにもうまくいかない。

まさかもう飛行船に乗ってしまったのではという懸念がマルクについてまわり、何度も研究所に連絡を取ってエア・グランドゥールに詰めている騎士に協力を仰ぎたいと相談をしたのだが、ことを秘密裏に処理したい上の判断により許可は下りなかった。

マルクは途中からしきりに上を指し示すヴェルの指示に従い展望台までのぼってみたものの、やはりシモンの姿はない。

ここでとうとう丸一日を通して魔法を使い続けたヴェルが力つき、眠ってしまったため、マルクは途方に暮れながらも展望台に設《しつら》えられているベンチへと腰を下ろして、窓の外に浮かぶ月をぼんやりと見つめた。

「参ったな……シモンさん、どこへ行ったんだろう」

ヴィルールを離れて遥《はる》かエア・グランドゥールまで来ることになるなど、数日前までは想像だにしていなかった。

しかし考えてみれば、ここ最近シモンの様子はどこかおかしかった。

思い詰めたような顔で考え込むことがしばしばあったし、予兆はあったのかもしれない。マルクは、シモンの問いかけを忘れられなかった。

『なあ、マルク。自由を奪われ閉じ込められている状態で、本当に幸せだといえるんだろうか』

まさかそんなことを問われるとは思っていなかったマルクは、目を瞬かせてシモンを見つめた。

『十分すぎる環境にあると思いますし、外は危険が多いのでこれが最善策だと思いますけど……』

しかしシモンは白い毛並みに覆われた頭を左右に振って、否定した。

『時々思うんだ。こうして閉じ込めておくのは、我々のエゴに過ぎないのではないかとね』

まだ若いマルクにはシモンの言っていることがわからず、沈黙を返すしかなかった。

考えているうちに今日一日の疲れが一気に押し寄せてきた。

マルクは椅子に座ったまままうつらうつらし、やがては意識が沈んでいくのを感じた。

## 【三品目】お任せといつものと―多忙な常連客とソラノの名推理―

お客様が帰りきり、本日の営業もそろそろ終わろうかという時になって、顔馴染《かおなじ》みの二人組がやって来た。

一人は空港職員の制服をきちんと着こなし、薄緑の髪を持つ優しい顔立ちが特徴的な青年。もう一人はお世辞にも身だしなみが整っているとは言えない青年だ。着崩した制服、鮮やかなピンク色の髪を伸ばし、両耳に大量のピアスがついている。しかしその顔立ちはハッとするほど整っており、ただただ歩いているだけなのに人の視線を自然に惹《ひ》きつけていた。

空港職員が着用する白地に青いラインが入った上着をはためかせ、空港護衛騎士のルドルフとデルイは店の中を真っ直《ます》ぐ横切りカウンターに近づき、勝手知ったる様子で空いている席に座った。

「いらっしゃいませ、お仕事お疲れ様です」

ソラノはひとまず二人の前に果実水を置いた。

「や、ソラノちゃん、お疲れ様」

「閉店間際にすみません」

「ご注文はいかがしましょう」

「お任せする」

「僕もです」

「かしこまりました」

もはや常連である二人に出す料理はソラノに一任されている。とはいえこの時間に出せる料理というのも限られていた。振り向きざまの厨房《ちゅうぼう》では、既にカウマンが閉店作業をしようかという頃合いであった。サンドラは束ねた伝票を眺めながら奥で帳簿をつけ始めている。

「バッシさん、お料理何が出せますか」

「ポトフとシュー・ファルシ、あとはビーフシチューだな。魚はもうねえ」

「わかりました」

ならばポトフはルドルフで、シュー・ファルシはデルイだろう。ソラノはひとまず白と赤のワインを用意して二人へと提供した。二人の顔はいつもよりなんとなく気だるそうだった。

「やっぱり花祭りの間は忙しいんですか？」

「まああですね。大きな事件はないのですけど、混雑に痺《しび》れを切らしたお客様同士の諍《いさか》いが多くて。トラブルの件数が増えるんです」

「細々した小競り合いが頻発するから、大ごとに発展しないように見回り強化月間だよ。並ぶのや待たされるのに慣れていない上流階級の人間が、他の客や職員に難癖つけるんだ。ソラノちゃんも気を付けてね、何かあったら遠慮なく騎士の詰所に通信石で連絡して。すぐに駆けつけるから」

「わかりました」

と言ってからふと、ソラノは今日やってきた客のことを話そうかなと考える。何かあってからでは遅いだろう。些細《ささい》なことでも報告をしておくべきだ。

「そういえば今日、旅行鞄《りょこうかばん》に生き物を詰めた犬人族のお客様がやって来まして」

「鞄に生き物を？」

「はい。人が一人入れそうなくらい大きな旅行鞄を持っていたんですけど、床に置いたらひとりでにガタガタ揺れてたんです。絶対に何か入ってました。行かなきゃいけない場所がある、急いでいる、って言っていたんですけど……その後にいらしたお客様が、犬人族のその方を探していると言っていて。恩師にあたるその方は今日いきなり姿をくらませてしまったので、カーバンクルの力を使ってここまで追いかけて来たと」

ソラノの話を聞いたルドルフとデルイは、整っている顔立ちをそろって硬直させた。

「……カーバンクルを連れていた、というのは間違いありませんか」

「どんな見た目の生き物だった？」

「金色の毛並みで額に赤い宝石が嵌《は》まっている、手のひらサイズの小動物でした。あの……何かまずかったですか」

「いえ、カーバンクルは絶滅の危険性があるので、王都から近いヴィルールという学術都市の保護施設か、もしくは本来の生息域である龍樹の都という場所にしかいないはずなんです。個人での飼育は禁止されているので、連れ歩くというのは不自然だなと」

「昔、見た目の美しさから『富と幸運をもたらす生物』として珍重されたせいで、密猟者が乱獲してその数を減らしたんだって」

ソラノは厨房から出てきた料理の皿を受け取り、二人の前へと出しつつも話の続きをする。

「だとすると、カーバンクルをお連れになっていた方は……そのヴィルールの施設の人か、龍樹の都からの旅行客でしょうか」

「でしょうね」ルドルフが白ワインの注《つ》がれたグラスを傾けながら相槌《あいづち》を打つ。

「その方は随分荷物が少なかったんですよ。革のリュックを背負っているだけでした」

「追いかけている方の犬人族の客は大荷物だったのに？」

「そうなんです」

デルイの問いかけにソラノが頷《うなず》くと、なるほど、とルドルフは納得したかのようだった。

ソラノは店がほぼ閉店しかけているのをいいことに、騎士達と共にこの謎のお客様二人について考える。さながら探偵気分だった。

ひとりでに動く大荷物を抱えた犬人族のお客様は行くところがあるのだという。

そしてそれを追いかける金髪の人間のお客様は、希少なカーバンクルを堂々と連れ、荷物はごくわずか。

二人は知り合いであり、犬人族のお客様は金髪の人間のお客様の恩師である。

ここから導き出される結論に、ソラノは嫌な予感がした。

「もしかして、犬人族のお客様はヴィルールからこっそりカーバンクルを盗み出した研究員で、鞄にカーバンクルを詰めて国外逃亡しようとしているのでは……!?」

「その線も否定はできないけど、不可解な点も多い」

探偵ソラノの名推理はデルイにそのように評価された。

「ソラノちゃんがパッと見ても不審に思うようなずさんな隠蔽《いんぺい》方法じゃ、このエア・グランドゥールにいる検査官の目は誤魔化せない。あっという間に密輸がバレて、騎士団の詰所行きだ」

「加えて、もし仮に研究所から魔法生物が盗み出されたなら、エア・グランドゥールに犯人が来ていると分かった時点で我々のところへ研究所から連絡が来るはずです。が、そうした報告は一切降りて来ていません。その金髪のお客様とやらも相談に見えていない」

「話を総合すると、ヴィルールの研究員が何らかの事情でカーバンクル移送をすることになったけど、一匹連れ忘れたので後から別の研究員が届けに来た、くらいの話じゃないかな」

「なるほどー……」

騎士二人の話は、刑事ドラマの影響を受けたソラノの妄想より、よほど現実に即しているように思えた。

「まあでも一応報告だけはしておいた方がいいな。飯が終わったら一旦《いったん》詰所に戻って、当直の責任者に話を……」

そこでデルイの言葉はふと途切れた。蜂蜜《はちみつ》色の切れ長の瞳《ひとみ》がはったと一点を見つめ、不自然に動きが止まる。

かと思った次の瞬間、猛然とナイフとフォークを動かしてシュー・ファルシを切り分け始めた。その勢いたるや凄《すさ》まじく、残っていたシュー・ファルシは次々にデルイの口の中へと吸い込まれて消えてゆく。添えてあったバゲットを二口で齧《かじ》って食べると、ワイングラスを掴《つか》んでバゲットを流し込むように飲み下した。あまりのスピードにソラノは目を見張った。

げに恐ろしいのは、そんな物凄《ものすご》い速度で食べたというのに、食べ方がいつもと変わらず綺麗《きれい》であったという部分だろう。上品な早食いという芸当を見せつけたデルイは硬貨を置くと立ち上がった。

「俺は戻って報告してくるから、ルドはごゆっくり。ソラノちゃん、ご馳走様《ちそうさま》。またね」

言うが早いがデルイはさっさと店から出て行った。

呆気《あっけ》に取られるソラノをよそに、数分もたたぬうちに今度はロベールがやって来た。一人で食事をするルドルフと、隣に置かれている空いた皿とグラスを交互に見た後、ロベールは眉根《まゆね》を寄せて呟《つぶや》いた。

「また逃げられたか。これで一〇度目だ」

そうしてルドルフの隣の、皿が置かれていない方の椅子に腰掛ける。

「いらっしゃいませ。お疲れ様です、ロベールさん」

「殿下、会食ではなかったのですか」

この場所においては、ルドルフはいちいち立ち上がってロベールに挨拶《あいさつ》をするということはしない。私的な場所なのでやめろと言われ、初めのうちは葛藤《かっとう》していたのだが、あまりにも頻繁に顔を合わせる上に度々同じことを言われるので、とうとうルドルフの方が折れた。デルイは一度言われるなり「そうですか、実は面倒なので助かります」とにこやかに言っていた。

「会食だった。この時期は毎日会食だ。知っているか、ルドルフ。会食は……会話メインになる故に食事に集中できず腹が満たされない。そんなわけでソラノ、ビーフシチューと赤ワインだ」

「はい、もう出来ております」

「さすがだ。早いな」

ロベール＝ビーフシチューという図式が出来上がっている以上、店の面々も阿吽《あうん》の呼吸で動く。ロベールの姿が見えるなり料理とワインの用意をする。もはや手慣れたものだった。

出てきた料理に舌鼓を打ちながらも、ロベールの眉間《みけん》に寄った皺《しわ》は深い。ソラノが片付ける、デルイが座っていた席の前に置いてあった空っぽの皿を見つめながら言葉を発する。

「なかなかあやつが捕まらない」

「デルイさんにご用事ですか？」

「ああ。だが用があるのは私ではない。私を取り巻く連中から言伝《ことづて》を預かっているのだ。『あやつを社交界に引き摺《ず》り出せ』と」

「ロベールさんも大変ですね」

一国の王子に言伝を頼んでまでデルイを社交界に出したがる人物とは一体何者なのだろうかと、ソラノは相槌を打ちながら思った。

するとそんなソラノの気持ちを読んだのか、ロベールが問いかけてきた。

「ソラノから見たデルロイ・リゴレットとはどういう人物だ」

ソラノはロベールが誰のことを指しているのかすぐにはわからなかった。ルドルフが隣で「デルイの本名ですよ」と教えてくれたところで合点がいく。そういえばソラノは、デルイの本名を聞いたことがなかった。

「そうですね、気さくで親切で強くて、時々面白いお兄さんでしょうか」

「大抵の人間はあやつをそうは思っていない。デルロイは社交界で人気がある。騎士の名家の三男、エア・グランドゥールの護衛騎士として働く実力、そして母親譲りのあの容姿。年齢も頃合いだ。未婚の令嬢は揃《そろ》ってあの男との結婚を熱望している。舞い込んでいる縁談の数は一〇〇を下らないだろう。そして厄介なのが、デルロイの母親だ。公爵家の出身で、私の遠縁にあたるのだが、社交界での影響力が凄まじく裏では『社交界の女王』とまで呼ばれている人物だ。その母親が私の母に息子の社交界復帰をせっつき、お陰様で私のところにこうして話が降りてくる」

思っていた以上に壮大な話にソラノは面食らった。人気がある人だなとは思っていたが、そこまでとは。ビーフシチューをすくいながら、なおもロベールは話を続ける。

「どんな令嬢だろうが選び放題のはずだ。逃げていないでさっさと婚約者を決めれば済む話なのに、なぜ頑《かたく》なに社交界に出ようとしないのだろうか。ルドルフはどう思う」

「これは私の見解に過ぎませんが」

話を振られてルドルフは、言葉を選びながら答えた。

「あいつは自分を上辺だけで見てくる人間が好きじゃありません。多分もっと……自分の中身を見て欲しいと思っています」

そしてなぜかルドルフは、ソラノの方をはっきりと見た。ロベールはルドルフの視線に気がついているのかいないのか、深紫色の瞳に疲れの色を滲《にじ》ませて、帽子を被《かぶ》ったままの頭を左右に振った。見え隠れしている銀色の髪が帽子の下で揺れた。

「いつまでも逃げられる問題ではあるまい。まあ、さすがに今度の花祭りには出席するだろうが」

「王女様の婚約発表があるんですっけ」

「そうだ。よく知っているな」

「今朝、カウマンさん達に聞きました」

ソラノが振り返ると、厨房からカウマン一家がにこやかに「ご婚約おめでとうございます！」

「めでたいですねぇ」と声をかけてきた。ロベールは律儀にも手を振ってその声に応えた。

「王女様もやっぱり政略結婚になるのですか」

「当然だ。だが力は尽くした。政略結婚の中でもこれは良縁だから、フローラもきっと気に入ってくれるだろう。驚かせたいから、まだ詳細は伏せているがな。そんなわけでともかく、婚約発表の場には出るだろう」

ロベールは持ち上げたワイングラスの陰から、今度は機嫌のよさそうな声を出す。しかしルドルフは「どうでしょうか」と否定する。ロベールはあからさまに驚いた。

「我が妹の婚約発表の場だぞ。出ないとは言わせない」

「あいつの型破りさは殿下の想像の上を行くと思います」

「…………」

付き合いの長さを感じさせる自信に満ちた言い方に、ロベールは押し黙った。しばらくは会話が途切れ、食事をする音だけが響き渡る。ソラノも店の仕事に戻った。

満腹になったところでロベールがワインのおかわりを飲みながら、結論を述べる。

「決めたぞ。私は明日、詰所まで顔を出して説得する。そうすれば逃げられまい」

「ご武運をお祈りします」

ルドルフは厳かに言った。やおら立ち上がった二人はテーブルに硬貨を置く。

「今日も美味《うま》かった。長居をしたな」

「閉店時間をとっくに過ぎているのにすみません」

「いえ、明日は店休日なので大丈夫ですよ。では、ありがとうございました」

最後の客である二人を見送り、扉を閉める。店は静けさに包まれた。

「……お貴族様は大変だねぇ」

とサンドラがしみじみと呟いた。

「しがらみが多くていけねえな。恋愛は自由でなくちゃ」

カウマンも返事をする。

「お偉いさんにもなると、結婚も外交手段の一つだからな。ま、俺達にゃ関係のない話だ」

バッシは鍋《なべ》をゴシゴシ擦《こす》り、一言一言に力を込めて言った。

ソラノは貴族の恋愛観にはさしたる感想を抱かず、それよりも懸命に考えた推理がバッサリ否定されたことをちょっとショックに思っていた。そうして気持ちを切り替えて店を綺麗にするべく、モップを手に取り閉店作業に取り掛かった。

# 【四品目】ロール・キャベツ ―重なる事件―

その日、夜が明けきらないうちに王都の中心部にある王城の一角で、グランドゥール王国の王女フロランディーテが目を覚ました。

護衛や侍女達に気がつかれないよう、静かにかつ迅速にベッドを抜け出して衣装部屋へと移動し、手持ちの服の中で一番装飾の少ないラベンダー色のドレスへと身を包む。いつもは腰まで伸ばしている長いふわふわの銀の髪の毛はきっちりとまとめ、外に出たら帽子で隠してしまおうとドレスと同じラベンダー色のつば広の帽子を手に取った。

あらかじめ用意しておいた手紙をベッドの上へと置くと、部屋の窓を開ける。未明の外はまだ少し肌寒い。

窓から部屋を抜け出して、中庭へと着地する。それからなるべく音を立てないようにして、城にある魔法温室へとひた走った。

そうして薄暗い中を移動しながらも、自身の婚約が決まった時のことに思いを馳《は》せる。王城の一角に呼び出されたフロランディーテは、父と母、そしてなぜか歳《とし》の離れた兄のロベールが揃っていることを不思議に思いつつも、大人しくソファへと腰掛けた。

開口一番、父が告げたのだ。

「フローラ、お前の婚約相手が決まったぞ」と。

覚悟はしていた。王族に生まれた以上、婚約相手が決められるのは宿命であり、異論を唱えることは出来ない。しかしそれでもフロランディーテには、密《ひそ》かに心に想《おも》う人物が存在していた。憂鬱《ゆううつ》な気持ちを抱えたまま、フロランディーテは静かに父に問いかける。

「お相手はどのような方でしょうか」

「今はまだ、秘密だ」

「この国の貴族の方ですか？　それとも外国の方？」

この質問に対しても父は微笑《ほほえ》むだけで、何も答えてくれない。

「では、せめて年齢だけでも教えていただけないでしょうか」

しかし父はゆるゆると首を横に振る。フロランディーテはだんだんと焦《じ》れてきた。なぜ父は婚約相手について、何も教えてくれないのだろうか。助けを求めるように母を見たが、やはり穏やかな笑みを湛《たた》えているだけだ。すると口を開いたのは、兄のロベールだった。

「フローラ、婚約相手に関することは、会う当日の楽しみに取っておかないか？」

「お会いする、当日……」

「そう。次の花祭りでそなたの婚約が大々的に発表される。婚約相手は祭りの数日前に城へと来るから、自身の目で確かめると良い」

フロランディーテは眉を顰《ひそ》めた。

「まだあと、半年もあるわ」

「半年後の楽しみにしておくといい」

「肖像画などは見せて下さらないの？」

「見てしまっては、驚きが減ってしまうだろう」

「…………」

フロランディーテは両親と兄の真意が読み取れず、俯《うつむ》いた。自分の気持ちに蓋《ふた》をして、定められた婚約を受け入れようとしているというのに、肝心のお相手について何も知らされないなんてあんまりだわ、と思う。フロランディーテの表情がすぐれないのを見てとったロベールが、優しく話しかけてきた。

「この婚約、実は私が仲介して取りまとめた話だ。お相手の方は乗り気だ。フローラも一目見れば、きっと婚約者殿を気に入るさ」

ちらりと目線を上げると、兄は声音同様の優しげな表情を向けている。が、そんな言葉でフロランディーテの気持ちは収まらなかった。

(気に入るかどうかなんて、お兄様にわかるはずもないわ。だって、その方に嫁ぐのは私であってお兄様ではないもの。いくらお兄様が婚約者のことを気に入っていたって、私もそうなるとは限らない)

フロランディーテは喉元《のどもと》まで出かかった言葉をぐっと飲み下し、「わかりました」とだけ呟いた。

そうして花祭りまでの半年間を過ごしてきたのだが、婚約者についての話は本当に秘密にされていて、一体どこの誰なのかまるでわからなかった。

花祭りが近づくにつれ、フロランディーテはだんだんと落ち着かなくなってきた。婚約を楽しみに思う気持ちは微塵《みじん》もなく、むしろ恐怖でしかない。

一体私は、どこの誰に嫁がされるのかしら。

ものすごく遠い国の、見たことも聞いたこともない方だったら？

国内の貴族だとしても、歳が親子ほども離れているような方だったらどうしましょう。もしかしたら政治的な理由で、王家とあまり仲がよろしくない方に嫁がされるのかも。そんな人だったら私、仲良くやっていけるのかしら。

情報がないというのは、不安を煽《あお》る。しかしそれとなく話を振っても、両親も兄も「もうすぐ会えるから、それまでのお楽しみだ」と言うだけだ。

フロランディーテは今年で一三歳になるのだが、末っ子のせいなのかどうにも子供扱いされていると思うことが多々ある。秘密秘密で楽しみに出来るほど、フロランディーテはもう子供ではない。然《しか》るべき説明が欲しいと言ったところで、まだ早いと断られてしまうのだからどうしようもなかった。

（本当は、わたしが結婚したいのはただ一人なのに……）

フロランディーテは、かつて城で出会った一人の王子様に想いを馳せる。

柔らかい金髪、優しげな緑色の瞳《ひとみ》。二人で並んで魔法温室で食べた苺《いちご》はとても美味《おい》しかった。

お会いしたのは一度きりだったけど、いつか結婚するならばこの方がいいわと思うほど、過ごした時間は楽しかった。

大国の姫として、そんなわがままを言うことは出来ない。結婚相手は親が決めるものであり、フロランディーテはそれを受け入れるしかない。今まではそう思って、我慢していた。

しかし半年間我慢に我慢を重ね、一二歳というまだ幼い年齢のフロランディーテは、自分でも知らぬうちに蓄積された不安と重圧により精神が限界に達していた。

このまま城で大人しく待ち続け、やって来た婚約者にお会いして、なし崩し的に花祭りで婚約が発表されたのならば、自分はどうなるかわからない。考えただけで具合が悪くなるし、ここのところは夜も不安で目が覚めてしまう。

（もう、待つだけはごめんだわ）

かくしてフロランディーテは、苦労して入手できた婚約者に関する唯一の情報――今日の昼の便でエア・グランドゥールへとやって来るという話を聞いた時、決意したのだ。

密かに空港で待ち伏せて、婚約者の顔を一目見てみようと。

そんなわけで今日の脱走を心に決めたのだが、さすがに城からほとんど出たことのないフロランディーテが、一人で王城から離れた郊外の空に浮かぶエア・グランドゥールまで行くのは無理がある。

協力者が必要だわ。信頼が出来て、事情をある程度知っているような人物の。

フロランディーテは一人の人物に思い至り、さりげなくエア・グランドゥールの下見をお願いした。そして今は何も知らないその人物に脱走のお供をしてもらうべく、説得に向かっている最中だった。

サクサクと草を踏み締める音に衛兵が気がつきはしないかとヒヤヒヤしながらも、なんとか目的とする場所へとたどり着く。通い慣れた魔法温室には入らず、隅にある小屋の戸をノックした。返事がない。コンコンコン、とノックをする。やはりしんとしていた。焦れるあまり、今度はコココココン！　と早めのノックを繰り返す。

するとようやく扉が開いて、寝ぼけ眼の見知った庭師が顔を覗《のぞ》かせた。

「はいはい、こんな明け方に誰だニャア……ってひ！　姫さっもがっ」

「シー、静かにしてパトリス」

来訪者の顔を見た途端に眠気を吹き飛ばした、庭師である猫の獣人パトリスが大声をあげそうになったので、慌てて口を塞《ふさ》いだ。小屋の中に入ると、ひとまず胸を撫《な》で下《お》ろす。

「ひ、姫様……そんな格好でどこへ行くおつもりですか……？」

フロランディーテは自身の格好を見下ろして両手を広げる。

「これ？　お忍びでエア・グランドゥールへ行くための装いよ。いつものドレスだと、あんまりにも目立つでしょう。だから一番軽装を選んでみたの。それでね、パトリスに案内をお願いしたいの。悪いのだけれど、今すぐに支度をして私と一緒にエア・グランドゥールへと行ってくれないかしら」

パトリスは王女の突拍子もない話に猫の耳も髭《ひげ》も尻尾《しっぽ》も、全てを逆立たせて驚きを露《あら》わにした。

「なぜわざわざ、こんなに朝早くに⁉　エア・グランドゥールへ行きたければ、ロベール殿下に頼めば良いでしょう！」

「ダメよ。お兄様に理由を話せば、止められるに決まっているわ。いい？　今日の夕方、私の婚約者を名乗る人物がお城にやって来る。私は是非とも、入城前にその婚約者の顔を一目見ておきたいの」

「何故《なぜ》……」

「そりゃあ、お相手がどんな方なのか気になるからに決まっているわ」

言ってフロランディーテは腕を組んで口をへの字に曲げた。

「お父様もお母様もお兄様も、お相手のことを何一つ教えてくださらないのよ。自分の結婚相手だ

っていうのに、名前も年齢も顔形も、どこの国の誰なのかも、私は何にも知らないの。『会えばきっとお前も喜ぶ』って、それだけ。そんな相手に嫁ぐなんて、恐ろしいと思わない？」

「僭越《せんえつ》ながら申し上げますが……政略結婚とはそのようなものかと……」

「まあ、パトリスまでそんなこと言うのね。唯一の味方だと思っていたのに。いいわ、なら私、一人で行くから」

「それはさすがにお待ちくださいませ」

傷ついた顔をして、踵《きびす》を返して出て行こうとするフロランディーテを、パトリスは慌てて止める。

「知っているでしょう、私に……忘れられない方がいることを。なのにどうして、そんなひどいことを言うのよ」

「いえ、あの」

パトリスはしどろもどろだった。

「庭仕事をしながら、見ていたでしょう。パトリスだって知っている癖に。魔法温室で一緒に苺を分け合って食べたあの方よ。知っていてそんな風に説得するなんて、ひどいわ」

一国の王女にこんなことを言われたって困ってしまうだろう。そんなことくらいフロランディーテとてわかっているのだが、だからと言って感情全てを押し殺せるほど大人になりきれていないのだ。いくら厳しく躾《しつ》けられているとはいえ、まだ一二歳。爆発する感情に抑えがきかなくなっても当然だ。

秘密秘密で己の結婚話が進んでいることに、フロランディーテはもう我慢がならなかった。

「どうして当の本人である私に、何も情報が降りてこないのよ……こんなのっておかしいわ。だから私は、自分で婚約相手の顔を見に行くことにしたの。今日の昼の便でエア・グランドゥールにやって来るのは調査済み。空港で待っていればちらりとでも顔くらい見えるでしょう」

「いやぁ、お城でお待ちしていたら会えるでしょうに、何故わざわざエア・グランドゥールまで行くのですか」

「決まっているわ」

フロランディーテは胸を反らせた。

「お相手がすごくお年を召していたり、ものすごく横暴な方だった場合、そのまま飛行船に乗って国外逃亡できるからよ」

フロランディーテの物騒すぎる発言にパトリスはひぃぃと悲鳴をあげた。

「……と言うのはさすがに冗談として」

「本当にご冗談でしょうか……」

疑わしげな目で見つめられ、フロランディーテはこほんと咳払《せきばら》いを一つしてごまかす。

「冗談に決まっているでしょう。さすがに飛行船に乗るとなったら、正体に気がつかれるはずだもの。まあ、エア・グランドゥールまで行くのは、今まで私を蚊帳の外にしていたお父様達に対するちょっとした仕返しよ。朝、私が部屋にいないのに気がついたら、皆さぞかし驚くでしょうね」

「驚くどころでは済まないかと思います。大事件になりますよ」

「ちゃんと書き置きを残しておいたから平気よ。さ、時間が勿体《もったい》無いわ、早速行きましょう」

「こんな庭師ではなく、せめて護衛をお連れくださいませ！」

「嫌よ、護衛ってみんな堅物じゃない。相談したら最後、私を部屋に押し込めて絶対に出られないよう軟禁するに決まっているもの」

フロランディーテの意志は固かった。

頑として意見を変えない王女の姿を見て、パトリスは全身から冷や汗をダラダラと流して葛藤《かっとう》し、やがて諦《あきら》めたように息を吐き出す。頭部の猫耳は垂れ、いつもは針金のようにピンと伸びている髭がだらりと下がる。

「……わかりました、せめて何かあった時には、私が命に代えてもお守りいたしますニャア」

「大丈夫よ、そんなに危険なことは起こりっこないわ。何せお兄様がお勤めになっている場所ですから。あら、この外套《がいとう》いいわね」

壁にかかっている外套にふと目を止めたフロランディーテは、手にとって羽織ってみた。庭仕事用の外套は地味な色合いをしており、人目を避けるにはもってこいだ。前のボタンを留め、フードも被ればまさか王女だとは誰も思うまい。

「どうかしら、パトリス」

「…………」

パトリスは何も返事をせず、黙々と外出準備をしていた。

手持ちのもので武器になりそうな、庭仕事用の鎌を持って行くか行かないかでかなり悩んだ後、結局腰のベルトの間に捩《ね》じ込み、入り口で待つフロランディーテへと声を掛ける。

「お待たせいたしました、姫様」

「じゃあ、出発しましょうか。あ、外に出たら私のことはフローラと呼んでちょうだいね」

「かしこまりました……」

意気揚々と言うフロランディーテとは対照的に、パトリスのビー玉のように大きな緑色の目は死んでいた。まるでこれから死地へと赴く戦士のようだった。

フロランディーテとパトリスはコソコソと城内を移動し、使用人が使う小さな門から外へと出た。

「ところでパトリス、今日の朝食のことなんだけれど」

「この状況で、朝食のことを考えますか」

「だって、お腹《なか》が空《す》いたら力が出ないでしょう。それでね、朝食はエア・グランドゥールにあるビストロ　ヴェスティビュールでいただこうと思っているのだけれど、どうかしら？　あのお店なら第一ターミナルに存在しているし、聞いた話では店の前がガラス張りになっているらしいから、王都に降りて行く婚約者様を見逃すはずがないわ」

「もしかしてエア・グランドゥールに行きたい理由の一つに、そのお店が入っていませんかニャア」

「バレたかしら」

「そこにロベール殿下がいたら、一発で正体がバレます」

「いないわ。お兄様は最近朝から晩までずっと会食続きって聞いているの」

「抜け目がありませんニャア」

「当然よ。わたしは今日という日を待ち侘《ま》びて《わ》いたんですから」

フロランディーテの計画に抜かりはない。絶対に婚約者の顔を一目見てやるんだからと、勢い込んでいた。

長い一日が、幕を開けようとしていた。

＊＊＊

どれほど時間が経《た》っただろうか。マルクが目を覚ました時、目の前の窓の外では眼下に広がる雲海からゆっくりと日が昇ろうとしていた。ベンチに座って変な姿勢で寝ていたせいで、全身が凝り固まっている。うーんと伸びをしながらゆっくりと立ち上がった。

「寝ちゃってたよ……あぁ、まだシモンさん、出発してないといいんだけど。僕達だけだとやっぱり手に負えないな。もう一度研究所に連絡を取って、それからシモンさんを探すとしようか、ヴェル……ヴェル？」

ポケットに手を伸ばすと、そこが平べったくなっていることに気がついた。まさかと思い、上着に付いているポケットというポケットをひっくり返し、それからリュックの中身をぶちまけた。

「ヴェル⁉　どこだい⁉」

呼べども呼べどもヴェルの姿が見当たらない。全身の血の気が引いていくのを感じた。

「た、大変だ……ヴェルがいなくなった！」

マルクはパニックになった。ヴェルは希少な魔法生物であり、強力な魔法を使う。起きている間ならば自らに仇《あだ》なす者を撃退するだろう。

しかし熟睡している間ならばどうだろう？　連れて行かれた可能性も否定できなかった。

「大変だ、うわあああ！」

マルクは立ち上がり、走った。走って走って走って、螺旋《らせん》階段を駆け降りた。

「きっ、騎士様に言って探してもらわないと！　……ヴェルがいなけりゃ、シモンさんを探すことだってできやしない！」

＊＊＊

エア・グランドゥールの護衛騎士の詰所は、早朝から慌ただしい空気に包まれていた。

まだ日が昇りきるかどうかの時間であるにもかかわらず、騎士の数は通常よりも多い。

花祭り直前のこの時分、空港の利用客は一年で一番多くなる。

同時に空港内で起こるトラブルも増え、騎士達は多忙を極めていた。

誰も彼もが残業を強いられ、家に帰ることすらままならない者もいる。

そんな中、この場において明らかに場違いな人物が椅子に座って、一人の騎士を見据えていた。

白地に青いラインの入った制服を着た騎士に交じって異彩を放つ、仕立てのいいグレーの服を身に纏《まと》ったその男の名前は、ロベール・ド・グランドゥール。

空港経営者の一人にして、王族である男だ。

ロベールはいつも被っている帽子を組んだ膝《ひざ》の上に置き、目の前にいる騎士に話しかける。

「デルロイ、そなた、今年の花祭りもすっぽかすつもりではないだろうな？　今年は私の妹のフロランティーテの婚約発表があるのだ。この王国を守る騎士の家系の一員として、職場を共にする仲間として、我が妹に祝福を贈りに来るのは当然だと思うが？」

「…………」

話しかけられたデルイは、非の打ちどころがない整った顔を引き攣《つ》らせつつも、かろうじて笑みを浮かべていた。せっかく昨日撒《ま》いたというのに、勤務時間に詰所に乗り込まれてしまっては逃げる術《すべ》はない。

「殿下、その話、今でなければ駄目でしょうか？　本日、我々、非常に忙しいんですけど」

「知っている。何せ重要な客人がやって来るからな。だが、そなたは何かにつけて逃げて行くだろう。了承の返事を貰《もら》えるまではここを動かんぞ」

忙しいと言っているのに、王族であり経営者であるロベールにこんな場所で居座られるとは迷惑な話である。

しかしロベールの方も真剣な眼差《まなざ》しで、冗談を言っているようには見えない。

少し前までのロベールとデルイは、顔見知りで会話はするがここまで踏み込んだ話をするような間柄ではなかった。

関係性に変化が生じたのは、一軒の店が出現したためである。

ビストロ　ヴェスティビュール。

エア・グランドゥールの第一ターミナルに存在する店の常連客となった二人は、勤務終わりに度々顔を合わせるうちに気軽に話すような関係になった。

おかげさまでこの厄介事だ。

店はとても居心地が良いのだが、距離感が近づいた殿下に社交界に出るよう迫られるのは頭痛の種だった。こめかみに指を当て、どう断ろうかと思案する。

隣で本日の警戒任務の場所を確認していたルドルフが、呆《あき》れ声を出した。

「お前も貴族の端くれなら、王女殿下の婚約を祝う場に出ないのがどれほど無礼なことかわかるだろう。家名に傷がつくぞ」

「あの家の名前にどれほど傷がつこうが、俺は痛くも痒《かゆ》くもない」

「お前が良くても周囲の人間はそうはいかないだろう」

デルイはルドルフの正論に顔を顰《しか》める。平行線を辿《たど》る会話に、ロベールもこれ以上の説得は無意味だと悟ったのか、口を開いた。

「ともかく連れて行かないと、喧《やかま》しい人間がごまんといるのだ。これ以上行かないとごねるのであれば、当日、勤務終わりのお前を王家の馬車に乗せて城まで連行する」

たかが伯爵家の三男が王家の馬車に乗せられて城に行くなど、只事《ただごと》ではない。しかしデルイが反論する前に、ロベールが重ねて問いかけてくる。

「花祭りの招待状は届いているだろう?」

「握り潰《つぶ》しました」

郊外に借りているアパート宛《あて》に届いた、花祭りの舞踏会の招待状。

毎年毎年律儀に届くそれを、デルイは封も開けずに握り潰してゴミ箱に捨てている。

呆れ顔をしたロベールは、何か言おうかと口を開いたが、ポケットで明滅する通信石に気がつき意識を逸《そ》らした。ロベールが石を起動して会話を始めたのを見て、デルイは今のうちに逃げようと、自席に引っ掛けてあった上着を手に相方であるルドルフへと話しかける。

「ルド、もう行こう」

「まだ早いぞ」

書類を眺めていたルドルフは眉《まゆ》を顰《ひそ》めたが、構わずに彼の分の上着も手にして歩き出す。

「昨日のソラノちゃんが言っていた件で、気になることがあるんだ」

「カーバンクルを連れた客の話か」

「あぁ。昨日各ターミナルを回って確かめたけど、どこのターミナルにもカーバンクルを連れた犬人族の客が飛行船に乗り込んだ履歴はなかった。勿論《もちろん》、金髪の客がカーバンクル連れの客を探しているという相談もきていない」

飛行船の乗船客は空港側でも管理されているので、デルイ達騎士が要求すれば各ターミナルの案内係は情報を開示してくれる。しかしデルイが夜を徹して確認したところ、該当の犬人族の客は見つからなかった。

「犬人族の客はまだこの空港内に留《とど》まっている？」

「その可能性が高い」

ルドルフの疑問にデルイは頷《うなず》いた。

「乗船券を取れなかったのか、早く着いたから上の宿泊施設にでも泊まっているのか……何にせよ、一人で希少生物を連れ歩いているというのもおかしな話だ」

あまり込み入った話をしてソラノを心配させてもよくないので、店では軽い感じに話をしたが、デルイはこの件がそんなに単純ではないだろうと踏んでいた。

そもそもカーバンクルという希少な魔法生物をどこかの国に輸送するのであれば、絶対に護衛をつけるはずだ。しかし犬人族の客は第一ターミナルで護衛を待たせている様子もなく、完全に一人だったという。後から追いかけて来たという金髪の人物も一人だったというし、なぜそんなにも不用心な真似《まね》をするのだろう、という疑問が湧いてくる。

おまけに彼らがカーバンクルを「鞄の中に入れて持ち運ぶ」「ポケットに入れて連れ歩く」といううずさんすぎる手段をとっていることにも、首を傾《かし》げざるを得ない。普通、小型生物は檻《おり》に入れて錠をして運ぶ。大型生物ならば魔法の鎖を繋《つな》いでおく。万が一にも逃げ出さないよう、厳重な措置が取られるはずだった。

「俺の思い過ごしならいいけど、気になるから一度上の宿泊施設にも該当の人物が泊まっていないか確認を取って……」

「…………何、フロランディーテが城からいなくなっただと⁉」

デルイの声を遮るかのように、通信石で会話をしていたロベールが、突然詰所中に聞こえるような大声を出した。

彼らしからぬ焦ったような声と聞こえてきた只ならぬ内容に、詰所中がしんと鎮まり返った。詰所からほぼ出かけていたデルイも思わず足を止めて振り返る。

「おそらく夜のうちに⁉ ……探せ！ 国中をくまなく探すのだ！」

いつでも冷静沈着なロベールが激情のままに怒鳴り、通信を切る。

ロベールが歳の離れた妹を大切にしているということは周知の事実であった。此度《こたび》のフロランディーテの婚約話も、やや無理のある縁談だったのだが、間に立ち入ったロベールが取りまとめたともっぱらの評判である。

そんな妹がいなくなったとあれば、冷静さを失うのも当然と言えよう。

ロベールは一度深呼吸をして気持ちを落ち着けると、詰所の奥に座っている壮年の男の元へと歩み寄る。

「ミルド部門長」

「はい」

ロベールがこの空港中の騎士を束ねる部門長のミルドの名前を呼ぶと、静かにミルドは立ち上がる。

「聞いての通り、我が妹が行方不明。誘拐か、自主的に出ていったのかはわからぬが、前者であれば大ごとだ。現在王都中に捜索命令が出されている。エア・グランドゥールにいる可能性も考慮し、大規模捜索を命じる。警備の騎士の数を増やし、荷物検査を強化。倉庫に置いている貨物まで、徹底的に調べ上げよ」

「はっ」

ミルドは間髪容れずに返事をした。

王女がどこにいるのかはわからないが、仮に拐《かどわ》かされてエア・グランドゥールにいる場合、飛行船に乗せられてどこかへ連れて行かれたらひとたまりもない。徹底的に捜索せよというロベールの命令は至極もっともである。

問題は広い空港内をどうやって調べ上げるかという点だが、人海戦術以外にどうしようもない。夜勤明けで帰ろうとしていた人間を含め、今この場にいる騎士全員、休日の騎士も呼び出しての大捜索だ。

捜索の範囲が今いる騎士達に割り振られる中、デルイはミルドの元へと近づいた。

「部門長、我々は先に上の宿泊施設に行って、カーバンクルを無断で連れ歩く客がいないかどうかを確認したいのですが」

「何？　密輸事件か」

「その可能性があります」

「よしわかった。ならばさっさと確認してこい。そっちが片付いたら王女の捜索に加われ」

はい、とデルイとルドルフの二人は頷き、詰所を出る。

ここから宿泊施設に向かうには、一度中央エリアに出てそこから延びる螺旋階段を上るのが手っ取り早い。

「厄介なことになったな」

デルイは上着を羽織って足速に歩きつつルドルフに言った。

「今日の昼には、王女殿下の婚約者を乗せた船がエア・グランドゥールに到着する。その時に王女がいないとなれば……」

「やめろ、嫌な想像はするな。とにかくその犬人族の客とやらの居場所を突き止め、密輸事件なのか違うのかを確認した後、王女殿下を探すしかないだろう」

デルイの語る未来を聞きたくないとばかりの態度だった。

詰所を出て中央エリアへ出ると、朝だというのに行き交う人の多さに辟易《へきえき》とする。いつになく雑多なざわめきに満ちているのは、歩いているのが常の利用客である富裕層や冒険者ばかりではないせいだ。年に一度行われる王都の花祭りを是非見ようと、貯蓄をはたいてやってくる一般の観光客の姿が目についた。彼らは出した金額分の見物をしようと、空港のあちこちに顔を出す。おかげさまで冒険者エリアで酔っ払いの冒険者に絡まれたり、知らぬ間に違法品の運び屋をやらされていたりとトラブルが増え騎士の仕事量は右肩上がりなのだが、そんなことにはお構いなしだった。

二人は人混みを縫うようにして歩き、緩やかな曲線を描いて天に延びる二本の螺旋《らせん》階段へと近づいた。上っていけばフロントにたどり着くので、そこで宿泊客の情報を開示するよう頼み、リストを片っ端から確認していけばいい。

デルイが階段に一歩足をかけた時、ぐいと腕を引っ張られ危うくバランスを崩しそうになった。

「すみません、騎士様ですよね。助けてもらえませんか⁉」

一人の金髪の少年がデルイの腕にすがりついて、明らかに気が動転した様子で助けを乞《こ》うてきた。

「……たっ、大変なんです、僕のカーバンクルがエア・グランドゥール内で迷子になって！　探すのを手伝ってもらえませんか⁉」

突然の出来事に、デルイとルドルフは目を見合わせた。

＊＊＊

やたら騒がしい空港内であるが、ビストロ　ヴェスティビュールの店内はそうした喧騒《けんそう》とは無関係に平和な時間が流れていた。

俵形の肉だねを茹《ゆ》でたキャベツの上に載せたソラノは、端からくるくるとキャベツを巻いて肉を包《くる》んでいく。

「この余った端の部分を押し込めば、煮込んでも崩れないんですよ」

「おぉ、なるほどな」

ソラノが作り上げたロールキャベツを見て、バッシが感心した声を上げた。

「よし、俺もやってみる」

「俺もだ」

ソラノが作り方を教えると、すぐさまカウマンとバッシが肉だねを丸めてキャベツの上に置き、見よう見まねでロールキャベツを作り出す。

とはいえ、二人はプロの料理人だ。コツさえ掴《つか》めばソラノの作った拙いロールキャベツよりよほど見栄えのする形を作り上げた。

「どうだ」

「うーん、さすがですね」

次々に作り上げられるロールキャベツを前にソラノは唸《うな》った。

「今日の昼飯はロールキャベツだな！」

バッシは次なる肉だねを手にしながら言う。

「にしてもソラノちゃん、わざわざ来てもらって悪いな」

「いえいえ、お店が忙しい時ですから」

「でもソラノちゃんだって、たまの休みくらいゆっくりしたいだろう？」

サンドラの問いかけにソラノは笑顔を返す。

「繁忙期なんですよね、手伝わせてください」

「いい子だなぁ。本当にソラノちゃんがいてくれてよかったよ」

カウマンはほろりと涙を流しながら言った。

本日、店は休日だった。本来ならば皆、店に来る必要はないのだが、空港の利用客が増えて店も必然的に忙しくなっているので、休日も顔を出して仕込みをしておかなければ間に合わない状況となっている。

なので全員で出勤しての仕込みだ。しかし仕込みだけだとつまらないので、こうして自分達の昼食用にロールキャベツをせっせと作っている。

窓の外では日が昇っており、一日の始まりを感じさせる。

早起きはバゲットサンドを売り捌《さば》いていた時にすっかり慣れてしまった。

「今日もいい一日になりそうですね」

「そうさねぇ」とサンドラが頷く。

「早いとこ仕込み終わらせような」とカウマンは言った。

「ロールキャベツを店のメニューに加えようか」バッシはロールキャベツを大量生産していた。

「よし、そろそろいいか。次はデザートに取り掛かろう。ソラノちゃん、悪いが食料庫から苺《いちご》と砂糖を持ってきてくれないか」

「はい」

バッシに言われてソラノは店の裏にある食料庫へ向かった。厨房《ちゆうぼう》から続く扉をあけて食料庫へと入る。中は二畳ほどのスペースで、天井まで届くほどぎっしりと食材が詰め込まれていた。

各食材の入った木箱に冷気を放出する魔石が入れられ温度が調整されており、冷蔵庫のようになっている。食材によって魔石を置く量が調整されており、冷蔵・冷凍・常温とものによってきっちりと保存方法が分けられていた。

倉庫内は明かりとりのために小さな窓が設けられており、わずかな灯《あか》りを頼りにソラノはひとまず砂糖の入った大袋を探し当てて持ち上げようとした。

「……あれ」

ふと、砂糖の袋の横に置いてある木箱が動いた気がして動きを止める。

しゃがみ込んで覗《のぞ》くと、それは苺がぎっしりと詰まった箱だった。

気のせいかな、と思ってじーっと見つめていると、やはり箱が時折動く。

「まさかネズミ……」

市場から連れてきてしまったのだろうか。店にネズミが出たとなれば大変である。

嫌な想像が脳裏をよぎり、ソラノは意を決して苺が入った木箱の蓋《ふた》を持ち上げた。

「えいっ！　あれっ？」

しかしそこにいたのはネズミではなかった。

ひょこりと顔を出したのは、薄暗い食料庫の中でもわかる金色の毛並みと、わずかな光を受けて輝く朱色の宝石。前脚で苺を掴んでむしゃむしゃと貪《むさぼ》っている犯人は、昨日の夜に見たカーバンクルであった。ソラノに見つかったことに驚いたのか、カーバンクルは全身をびくりと強張《こわば》らせて苺を取り落とす。一瞬動きを止めてソラノを見つめる小さな姿は愛らしいが、疑問は尽きない。

「……なんでこんなところに？」

首を傾げるソラノの前で、カーバンクルは転がり落ちた苺をそっと掴むと再び齧《かじ》ろうと口を開く。

このまま放っておくわけにはいかず、ソラノはひとまず、昨日の金髪のお客様がしていたように話しかけてみた。

「えっと、ヴェルミヨンさん？　飼い主さんが心配するから、戻ったほうがいいんじゃない？」

しかしカーバンクルのヴェルミヨンはソラノの話を聞いているのかいないのか、一心不乱に苺を食べ続けている。どんだけ苺が好きなんだろう。

「このまま苺が食べ尽くされると、店としては困るからそろそろやめてもらえないかなぁ」

言いながらソラノは、真新しい苺を三、四個とヴェルミヨンをひょいとつまみ上げて手のひらに乗せた。

「とりあえず倉庫から出よっか」

「遅かったなソラノちゃん。倉庫で何してたんだ」

倉庫から出たソラノが厨房に顔を出すと、バッシが振り向き様に問いかけてきたので、手のひらを掲げてそこに乗る小さなカーバンクルを見せる。

「倉庫にこの子が入り込んでいて」

「カーバンクルじゃないか」

ソラノの手の上の生物を見てバッシはギョッと目を剥《む》いた。

「おいおい、絶滅危惧種《きぐしゅ》の魔法生物がなんでウチの食料庫なんかにいるんだ」

「昨日の夜に連れているお客様がいらっしゃったので、はぐれたんじゃないですか」

「はぐれた……そりゃ困ったな。こんなところにいたんじゃ、俺達が盗難を疑われちまう」

ヴェルミヨンは事の深刻さをわかっていないらしく、未《いま》だに苺を食《は》み続けている。カウマン一家はほとほと困り果て、どうしたもんかとカーバンクルを見つめていた。

明日の仕込みを放棄してカーバンクルを囲う四人。誰かが何かを言う前に、店の扉をノックする音がした。その音は控えめながらも断続的に続いており、ハッとしたサンドラが声を上げる。

「もしかして、この子の飼い主じゃないかねぇ」

「私、確認してきます」

昨夜ヴェルミヨンを連れてきたお客様をもてなしたのはソラノであり、顔はソラノしか知らない。急いで扉に近寄り、半開きにすると、立っていたのはヴェルミヨンの飼い主ではなかった。しかし知った顔ではある。

「あれ……」

「あぁ、どうも。閉店中に恐れ入りますニャア」

立っていたのは以前店に来たことのある、茶色い毛並みの猫人族《びょうじんぞく》のお客様であった。しかし彼は一人ではなく、後ろにラベンダー色のドレスを纏《まと》い、揃《そろ》いのつば広帽子を被った令嬢を伴っている。

「すみません、今日はお店が休業日でして」

「ええ、看板を見て気がついたんですけどニャア……」

「――どうしても今日、食事がしたいのだけれど。何でもいいので出してくださらないかしら？」

困り顔の猫人族に代わって、声を発したのは令嬢だった。顔を上げた令嬢は、若いと言うより幼い印象を受けた。見るからに愛らしい顔立ちの中、明るい紫色の大きな瞳《ひとみ》がことさら特徴的である。

令嬢は可愛《かわい》らしい見た目に反し、真剣な面持ちでソラノに必死に言い募る。

「迷惑をおかけして、ごめんなさい。でも私には、自由にできる時間があまり無いの」

「えーと……」

「ね、お願い。いくらでもお支払いしますから」

「今お出しできるのは、賄いのロールキャベツくらいしか無いんですけれども」

「それでいいわ。だからお願い」

やたらに押しの強いお客様がさらに一歩近づいた瞬間、ソラノはとある事実に気がついた。

（……あ）

なるほど彼女が必死な理由に思い至り、ソラノはにこりと微笑むと、体を斜めにして店の中へと招き入れる。

「かしこまりました。では、どうぞ」

「おい、ソラノちゃん、今日はお客様を入れちゃダメだぞ」

「時間が無いそうでして」

「んん？　これから帰国する旅行客か？」

「いえ、違うと思います。お客さまは……フロランディーテ王女様ですよね」

「！」

店の中に入ってきた、ラベンダー色のドレスを着たお客様にこともなげにソラノが言うと、当の本人は勿論《もちろん》、猫人族のお客様も、カウマン一家も、全員が驚き固まった。

「ひ、姫様。あっという間に正体がバレてますニャア」

「ど、どどど、どうしてかしら⁉　変装は完璧《かんぺき》だと思っていたのだけれど……！」

二人は慌てふためいていたが、観察力に優れたソラノの目を誤魔化すことは不可能だった。

束ねた髪の毛を帽子の中に入れて隠すという手法、間近で見た時のまつ毛の色が銀色であること、紫色の瞳、どことなくロベールと似通った顔立ち、年齢。全てをつなぎ合わせると、お客様の正体がこの国の王族であり、末姫フロランディーテだと容易《たやす》く見破れる。

ソラノはひとまず二人にテーブル席をすすめると、動揺しながらも王女は席についた。

「パトリス、貴方《あなた》も座って」

「いえ、姫様と同じ席につくなんて恐れ多い……」

「でも立っているのも変でしょう？　一緒に食事しましょうよ」

「いえいえいえ、そんなそんな滅相もございません」

「ダメよ、ここでは対等に接する約束だったじゃない」

「もうバレていますし、いまさらそんな偽装工作をする必要はニャいかと」

押し問答を繰り広げる二人だったが、痺《しび》れを切らしたフロランディーテは向かいの席をびしりと指差した。

「座りなさい。これは命令よ」

有無を言わせない口調にパトリスは硬直したが、冷や汗をダラダラとかきながら諦《あきら》めて席についた。満足そうなフロランディーテと、極めて落ち着かなそうな面持ちのパトリスに、ソラノはとりあえず果実水を出す。

「お忍びでしょうか。ロベール殿下もいらっしゃる予定ですか？」

「いえ、兄とは別で今日はお店に訪ねてきたの」

「そうでしたか。では、お連れのお客様は前回、下見に？」

「ええ。兄が言っていたの。『エア・グランドゥールにあるビストロ店がとても美味《おい》しいから、一度連れて行こう』って。でも兄は全然約束を果たしてくれないから、こうして自分で来てしまったわ」

肩をすくめておどけて見せるフロランディーテは、なるほど愛らしいお姫様だ。

ソラノは笑って相槌《あいづち》を打った。それだけ聞ければ十分である。婚約発表を目前に控えた王女様がお忍びでこの店にやってくる理由など、ソラノが詮索《せんさく》する必要はない。

「ご期待に添えるお料理をお出しできればいいんですけど……生憎《あいにく》賄いのロールキャベツで、申し訳ありません」

「いいのよ。こちらこそ、お休みの日に押しかけてごめんなさい」

礼儀正しく謝罪する王女様に好感を抱きつつ、ソラノは厨房へと戻る。

「ロールキャベツだ。少し待ってもらえたら、デザートにフリュイ・デギゼもお出しできるとお伝えしてくれ」

「わかりました、バッシさん」

料理を持ったソラノが二人の元へ歩いていく。

「お待たせいたしました、ロールキャベツです。少々お時間をいただければ、デザートにフリュイ・デギゼもお出しいたします」

お皿の中を見た王女は「まあ」と声を上げる。

「可愛らしいお料理ね」

「シュー・ファルシと材料は同じなのですが、こちらは肉だねを一口サイズに丸めてからキャベツに包んでお作りしたものです」

「へえ。工夫一つでまるで違う料理に見えるわ」

フロランディーテは綺麗《きれい》に包まれた俵形のロールキャベツにナイフを入れた。ほかほかのロールキャベツを口にすると、「ん！」と愛らしい顔を綻《ほころ》ばせる。

「肉だねが柔らかくって、とっても食べやすいのね。それにキャベツも甘みがあるわ」

「旬の春キャベツを使っておりますので」

「ほら、パトリス。貴方もいただかないとせっかくのお料理が冷めてしまうわよ」

「ニャア……」

パトリスは王女と同じテーブルについて食事をするという行為に葛藤《かっとう》があるらしく、料理を前にして途方に暮れていた。王女はつば広帽子の下で鼻先に皺《しわ》を寄せ、「もうっ」と言う。

「パトリスさん、ロベール殿下も店にいらっしゃる時には、他のお客様と会話をしながら気兼ねなく食事をされていますよ」

「そうかニャア。確かに、そうだったニャア……」

ソラノの助け舟を聞いたパトリスは、恐る恐るナイフとフォークを手に持ち、錆《さ》び付《つ》いたブリキ人形のようにぎこちない動きで料理を切り分け始めた。

食事を始めた二人に「ごゆっくりどうぞ」と言い残し、ソラノはカウンターへと戻った。

戻るなりサンドラがソラノの肩をがしりと掴《つか》む。

「ソラノちゃんっ、アンタ、王女様はともかくとしてこっちのカーバンクルはどうするつもりだよおっ」

サンドラは必死の形相であり、額からはパトリスに負けないくらいの大量の冷や汗が流れ出していた。厨房《ちゅうぼう》の片隅で今もなお苺《いちご》を貪《むさぼ》っているカーバンクルのヴェルミヨンを、まるで触れたら爆発する爆弾でも見るように慄《おのの》きながら見つめた。

「なんとかしないと、店に絶滅危惧種の魔法生物がいるなんて大ごとだよ⁉　騎士様に連絡して、連れて行ってもらうかい⁉」

「それが良さそうですね」

迷子の絶滅危惧種の魔法生物と王女様のお忍び来訪により、サンドラの頭は完全にパニックに陥っていた。目がぐるぐるとしており、声はうわずっている。

「ひとまず通信石で連絡を……」

しかしソラノの行動を見たヴェルミヨンは、食べかけの苺を放り出すと、素早い動きでソラノの腕によじ登って通信石を叩《たた》き落《お》とした。

「えっ、な、何？」

床に落ちた通信石に触れさせまいと、ヴェルミヨンは体を張ってソラノの動きを邪魔する。

「……連絡とってほしくないのかな」

そうだ、とでも言うようにヴェルミヨンは首を縦に振った。

「でも、飼い主さんのところに帰ったほうがいいんじゃないかなぁ」

この言葉にヴェルミヨンは耳をしゅんとうなだれされた。

賢い魔法生物であるカーバンクル、ヴェルミヨンは気がついた。

無断でマルクの元を抜け出し、店で苺を貪ったヴェルミヨンをマルクは許しはしないだろうと。

きっと今の状態でマルクに会えば怒られるに違いない。罰として大好きな苺を、しばらく食べさせてもらえないかもしれない。それは困る。

ヴェルミヨンは小さい体で精一杯考えた。そして、一つの結論に至った。

――マルクに怒られる前に、シモンを探し出せばいい。そうすればマルクは手柄の方に意識がいくだろう。こっそりと抜け出したことも、苺をお腹いっぱい食べたことも咎《とが》められないはずだ。

そうと決まれば話は早い。ヴェルミヨンは自分の胸をドンと叩いて、それから尻尾《しっぽ》を懸命に動かしてジェスチャーした。「シモンを見つけるからついて来て欲しい」と伝えているつもりだった。

「えーっと、マルクさんを自分で見つけるって言っているのかな」

違う。そうではない。ヴェルミヨンはマルクより先にシモンを見つけるのだ。

しかしソラノはヴェルミヨンのジェスチャーを正確に理解できなかった。当たり前である。いかな観察力と洞察力に優れたソラノとはいえ、言葉を喋《しゃべ》れないほぼ初対面の魔法生物の気持ちを理解するなんて、不可能だ。

必死にジェスチャーをするヴェルミヨンとうんうん首を捻《ひね》るソラノに、あいも変わらずぐるぐるした目をしているサンドラが割って入って来た。

「この子の言う通りにしたらいいいんじゃないのかねっ。ソラノちゃんは、マルクさんの外見は覚えているんだろう？」

「はい、金髪で……」

「金髪でっ⁉」

「緑色の目で……」

「緑の目でっ⁉」

「一五歳くらいの男の子……あの、サンドラさん落ち着いてください、声が大きいです」

ソラノは後方にいる王女とパトリスを気にしつつサンドラを宥《なだ》めようとしたが、色々なことが一度に起こって状況を処理しきれていないサンドラは、声を潜めるところまで頭が回らずにカーバンクルを連れていたお客様の特徴を大声で復唱する。もう遅かった。

フロランディーテは紫色の瞳《ひとみ》を限界まで見開いてガタリと席を立つ。いつの間にか食事を終えていたようで、テーブルの上のお皿は空っぽだった。

「……金髪で、緑の目を持つ、一五歳くらいの少年を探しにいくんですの？」

「え、ええ、まあ」

ソラノのモスグリーンのワンピースの袖口《そでぐち》を引っ張って、ヴェルミヨンがしきりに「違う違う！」と訴えているのだが、誰も気にしていなかった。

フロランディーテはくるっと振り向き、パトリスに話しかける。

「ねえ、パトリス。今の話を聞いて？　もしかして、私がずっと会いたかった方にここで会えるかもしれないわ」

「姫様は本日、違う方をお探しに遥々《はるばる》エア・グランドゥールまでお越しになったのではありませんかニャア」

「そうだけれど……もしもあの方がいらっしゃるのならば、お会いしたいわ」

「……もしもご本人であるならば、ややこしいことにしかならないと思いますが……」

「ダメかしら。こんな機会、もう二度とないかもしれないのよ。私、嫁ぐ前にもう一度お会いしたいのだけれど」

「それで気持ちがぐらついては大変かと存じます」

パトリスの言葉を受けたフロランディーテはなにやら悩んでいるらしく、銀色のまつ毛を伏せて黙る。しばしの後に顔を上げた時、フロランディーテの紫色の瞳には決意の色が宿っていた。

「私、決めたわ。一目あの方にお会いして、気持ちに整理をつけるの。そして目的の方にお会いしに行くのよ」

なんのこっちゃ、と店にいる全員が思ったのだが、フロランディーテはお構いなしにソラノに近づいて親しげにその手を取った。

「ねえ、私も一緒にそのお方を探しに行ってもよろしいかしら。ね、どうしても、お会いしたいの」

フロランディーテは一切何も説明せず、またこちらからの説明も求めずにただただ言う。背後でパトリスが「姫様ぁああ」と情けない声をあげていた。

ソラノは迷う。絶滅危惧種《きぐしゅ》の魔法生物及び王女様を連れ歩いていいものなのだろうか。

ソラノはなんの力も持たない一介の給仕係だ。もし仮に何かあったら責任など取れるはずがない。

というわけでやはり王女様の同行はご遠慮いただこうと考えた、その時。

「あっ⁉」

サンドラの声に振り向くと、カーバンクルのヴェルミヨンがカウンターから飛び降り、小さな体で店内を疾走し始めた。

「まずいぞソラノちゃん、逃したら大ごとだ！」

「親父《おやじ》の言う通りだ。捕まえてくれ！　俺は騎士様に連絡を取る！」

「はい！」

バッシの言葉にソラノはヴェルミヨンを捕獲しようと身を屈《かが》ませる。しかしヴェルミヨンは軽快な動きでソラノやサンドラの手をかわすと、そのまま店の扉めがけて突進し、扉を開けて外へと出て行ってしまった。

「あ、待って！」

ソラノは慌てて後を追う。その後を勢い込んで王女とパトリスもついてきた。

「パトリス、私達も行くわよ！」

「お待ちください、姫様ぁぁぁ！」

「お二人とも、店で待っていてくださいよ！」

「嫌よ！　私もう、待つだけなんてごめんなの！」

カーバンクルを筆頭に、ソラノ達はバタバタバタと疾走した。第一ターミナルを抜けて中央エリアに。ヴェルミヨンは足が速い上に、小さすぎて人混みに紛れそうだった。ここで見失っては大変だとソラノは速度を上げる。ソラノの横ではフロランディーテが必死にラベンダー色のドレスを翻し、ついて来ていた。

ソラノは知らなかった。

ヴェルミヨンが向かっている先にいるのが、マルクではなくシモンであるということを。

そして今、エア・グランドゥールを含めた王都中で、行方不明の王女を探す大捜索網が敷かれているということを。

＊＊＊

ソラノが昨日言っていた、金髪の客とはこの少年か。しかし想像以上に幼い見た目にデルイは訝《いぶか》しみ、ひとまず疑問を呈した。

「カーバンクル……第一級絶滅危惧種の魔法生物が？　カーバンクルは個人での飼育を禁じられている。学術研究都市ヴィルールにある保護施設か、龍樹の都の自然保護区域に生息しているはずの生き物を、なぜ君のような少年が連れて歩いているんだ」

少年は質問に答える代わりにポケットからゴソゴソと何かを取り出すと、デルイの鼻先に突きつけた。

「僕の名前はマルク、こう見えてヴィルールの魔法生物保護施設で働く研究員だ。訳あってこのエア・グランドゥールまでカーバンクルを連れてやって来たんだけど……とにかく探すのを手伝ってくれないかい⁉　もし盗まれでもしたら、大ごとなんだ！」

マルクが振り回すカードを掴んで確認すると、本物の研究員証のようだった。一四、五歳くらいに見えるが、どうやらマルクは一七歳でヴィルールの研究員らしい。

ともかく話は聞かなければならないだろう。ルドルフがマルクの両肩に手を置き、動転する彼を宥める。

「マルクさん、落ち着いて何があったかを我々に話していただけますか」

「あ、はい、わかりました」

マルクは冷や汗をダラダラとかきながらも、経緯を話した。

「僕は昨夜のうちにエア・グランドゥールへとやって来たんだけど、すっかり疲れて展望台でうたた寝をしてしまって……それで気がついたらカーバンクルのヴェルミヨンがいなくなっていたんだ」

「なるほど」

「泥棒かな、カーバンクルは高値で売れるから……あぁ、今頃どこかの飛行船に乗せられてでもいたらどうしよう⁉」

「落ち着いて」

再びパニックに陥るマルクをデルイは宥めた。

エア・グランドゥールで働いていると、似たような話はごまんと出てくる。普段と違う場所に来たせいで、興奮して落ち着きを無くした生物がちょっとした隙をついて飼い主の元から離れる、というのは日常茶飯事だ。

「デルイ、カーバンクルは探知できるか？」

「無理。見たことないから魔素がわからない」

通常、人や動物等を探すためには「探知魔法」というものが有効だ。生物にはすべからく魔素が宿っているので、個々の持つ魔素を探りとる。見知った人物のものであれば魔法を発動し、範囲内にいるかどうかくらいならばわかる。

デルイは一度会った人間や見たことのある動物の魔素ならば、確実に探知できる自信がある。

しかし今回の場合はその手は使えない。

「マルクさん。エア・グランドゥールでカーバンクルが好みそうな場所はありませんか」

「好みそうな場所……？」

「飼い主とはぐれた場合、本能に従って居心地の良い場所でうずくまっている場合がほとんどなので」

ルドルフの言葉にマルクは記憶を探りつつ、言葉を紡ぐ。

「そうだな……あ、そういえば、昨日の夜に第一ターミナルにある店へ行ったんだけど、そこで苺《いちご》をまだ食べたいとごねられたっけ」

「第一ターミナルの店？　ビストロ　ヴェスティビュールですか」

「そうそう、そんな名前の店だった。もしかしたら勝手に入り込んでいるかもしれないな……」

「ならまずは店へ行って確かめてみましょう。僕も同行します」

ルドルフが言った瞬間、中央エリアがにわかに騒がしくなった。それまでの雑多な足音や会話に混じり、驚く声や短い悲鳴が聞こえてくる。「わぁ、かわいい生き物！」という小さな女の子の声に三人が振り向くと、思いもよらない光景が目に飛び込んできた。

床をちょこまかと疾走している、金色の毛並みに朱色の宝石が額に嵌《は》まった生き物。

追随しているのは――。

「……ソラノちゃん、何やってんの？」

「あっ、デルイさんとルドルフさんに、マルクさんも！　よかった、探してたんですよ！」

馴染《なじ》みの店の給仕係であるソラノは、立ちすくむ三人に向かって手を振る。

何をしているのかよくわからないが、ともかくカーバンクルがいてよかった。しかしデルイもルドルフも、ソラノの後ろにいる人物をみた途端にその他のことなどどうでも良くなった。

ラベンダー色のドレスを纏《まと》い、つば広帽子を被った令嬢がソラノの後を追っている。令嬢の背格好と帽子では隠しきれない顔立ちに、湧き上がる疑問が抑えきれなくなった。もしやあの方は、今王都中で大捜索網が敷かれて捜索されている張本人。

――王女殿下⁉

デルイとルドルフは揃《そろ》って心の中で声を上げた。

行方不明となっている王女がなぜ、カーバンクルを追ってソラノと共に空港内を疾走しているのだろう。

混迷を極める状況に、誰も彼もが振り回されるばかりだった。

ともかくこのカーバンクルを捕まえ、王女を保護し、関係者各位に無事を伝えなければならない。

しかしカーバンクルのヴェルミヨンは飼い主のマルクをまるで見ておらず、その視線は聳《そび》え立《た》つ螺旋《らせん》階段を見据えていることに、誰も気がついていなかった。


マルクの姿を見つけたソラノは、案外早くに飼い主さんを見つけられたな、とホッとした。

おそらくマルクは行方不明になったカーバンクルを一緒に探してもらうため、空港の護衛騎士であるデルイとルドルフに相談をしていたのだろう。中央エリアに聳える豪奢《ごうしゃ》な二つの螺旋階段の前で三人に出会ったソラノは、ヴェルミヨンがマルクの腕の中に飛び込んでいくに違いないと思っていた。

だが予想に反してヴェルミヨンは、マルクの足元を駆け抜け、螺旋階段の手すりによじ登ると、そのまま上へ上へと疾走して行く。

「えっ、どこ行くの⁉」

思いもかけないヴェルミヨンの行動に驚きつつ、ソラノはそのまま階段を上りゆくヴェルミヨンを追いかける。

「ヴェル、待ってくれ！」

ヴェルミヨンの飼い主であるマルクも当然、後を追った。

「あのっ、お待ちください！」

フロランディーテは金髪の少年と話したい一心で階段を駆け上る。

「お待ちください、姫様ぁあ！」

パトリスは、フロランディーテを見逃すまいと必死で足を動かした。

「追うぞ」

「わかってる」

そしてルドルフとデルイは、ラベンダー色のドレスを着た令嬢の正体を確認するべく、走った。

かくしてカーバンクルを先頭とした奇妙な集団が、緩やかな曲線を描く階段を上っていく。ヴェルミヨンの足取りに迷いはなく、どこに行けばいいのかはっきりとわかっているようだった。

一行は階段を上った先にあるフロアへと足を踏み入れた。青い絨毯《じゅうたん》が敷き詰められ、カウンターには制服を着た職員がおり、旅客がカウンター前に並び、あるいは据えられているソファに座ってくつろいでいる。

エア・グランドゥール上階に位置する宿泊施設だった。

ヴェルミヨンはフロント前を駆け抜けて、勝手に客室が立ち並ぶフロアへと踏み入った。先頭でヴェルミヨンを追いかけるソラノの耳に、立ち入りを咎《とが》める職員の声とルドルフとデルイが何事かを伝える声とが聞こえてくる。

一体カーバンクルはどこへ行くのだろうか。

完全に成り行きでついて来てしまったソラノの前でカーバンクルは長い廊下を右へ折れ、やがて一つの扉の前で立ち止まる。扉を前足でガリガリしたかと思うと、壁を伝ってドアノブの上へと座る。そうして額に嵌まった朱色の宝石が輝くと、かちゃりと音がして鍵《かぎ》が開き扉が開いた。

部屋の中では昨日店を訪れた犬人族のお客様が、数匹のカーバンクルに苺をあげているところだった。

「……何だね、君は⁉」

驚く犬人族のお客は腰を浮かせて扉に近づいて来ようとしたが、割って入ったのはマルクだった。

「やっと見つけました、シモン所長！　さあ、帰りましょう！」

「マルク、こんな所まで追ってきて……邪魔をしないでくれ！」

「嫌です、僕は所長を連れて帰るために来ました。皆、待っているんですよ、行きましょう」

マルクの説得にシモン所長と呼ばれた客は顔を歪《ゆが》めて後退《あとずさ》りをする。

「私は彼らを、龍樹の都に連れて行かなければならないのだよ、マルク！　邪魔をするな！」

シモンはギリリと奥歯が軋《きし》むほどに噛《か》み締《し》めた。白い毛並みが逆立って、瞳《ひとみ》が大きく見開かれる。

鬼のような形相にソラノはたじろいだ。

「……私は、どうしても、行かなければならないんだ！」

カーバンクル達がシモンを庇《かば》うかのように立ち塞《ふさ》がる。額の宝石が一様に赤く輝いていた。

「ちょっと下がってて」

カーバンクルの魔法が発動するより前に、デルイとルドルフの二人が部屋の中へと踏み入りマルクを押し退《の》けた。ルドルフが右手をかざすと、半透明の壁のようなものが出現し、カーバンクルの魔法を撥《は》ね飛ばす。

「うぅ、くそ、くそう！」

「デルイ、この男正気を失っている」

「見りゃわかるよ。精神魔法がかけられている」

「拘束できるか」

「余裕。任せておけ」

短く告げたデルイは、ルドルフの張った障壁から出て真っ直《ま》ぐ《す》シモンへと向かった。足を踏み出し、魔法を収束させた左手を前に。剣は抜かず部屋を横切り、シモンへと肉薄する。

しかしその時、部屋にいるヴェルミヨン以外のカーバンクルが一斉にデルイを取り囲んだ。攻撃性を剥《む》き出《だ》しにした彼らはデルイを完全に敵と見なし、小さな体を震わせる。赤い宝石から迸《ほとばし》る攻撃魔法が四方八方からデルイを狙い打った。

危ない、と思ったソラノだったが、デルイは全く怯《ひる》まずにそのまま狙いをシモンから逸らさない。迫る攻撃を防いだのは、ソラノの横に立つルドルフだった。先ほどの壁のようなものをデルイの周囲へと出現させる。弾《はじ》かれた魔法が八方に飛び、部屋に置かれた家具を破壊する。

完全に逃げ場を失ったシモンをデルイが捕らえるのは容易く見えたが、カーバンクル達が予想外の行動に出た。赤い宝石が輝き、窓にむけて一斉に魔法を放つ。エア・グランドゥールを守る分厚いガラスが強力な攻撃魔法に耐えられず、粉々に砕け散る。

途端に部屋中に一万メートルの上空を吹き荒《すさ》ぶ風が吹き付けられ、恐ろしい風圧が体をなぶった。

飛ばされまいと足を踏ん張ってもソラノの体は壁に叩《たた》きつけられそうになる。

「きゃあっ」

「姫様！」

フロランディーテの叫び声が聞こえ、パトリスの声が木霊する。ラベンダー色のつば広帽子が部屋の中で舞うのをソラノは見た。

現場は騒然としている。家具が飛び交い、壁に叩きつけられ、轟音《ごうおん》と共に破片を撒《ま》き散《ち》らす。耳朶《じだ》を揺るがす風は暴力的であり、立ってさえいられない。

「やべっ」

予想外のカーバンクル達の行動に対応しきれず、デルイが風圧に耐えるために足を止めた、一瞬のうちの出来事だった。デルイを囲んでいたカーバンクルがシモンの上着にしがみつくと、シモンは躊躇《ためら》いもせず窓枠に足をかけ、そのままひらりと飛び降りた。完全に想定外だった。デルイは窓に駆け寄ると、身を乗り出して外を見る。

眼下に広がる雲に吸い込まれるように、シモンの体が落下している。無事に着地する手段があるのだろうかとデルイは思ったが、連れ立つカーバンクルがどうにかしてくれるのだろう。魔法生物の中でも一際強力な魔法を使えるカーバンクルならば、上空一万メートルの高みから落ちたところでどうにでも出来そうだ。

さて、とデルイは考える。

あのシモンという人物は明らかに正気を失っていた。なぜここまでの強硬手段に出たのか、真実を全て聞き出すためには捕まえる他ない。

デルイはこの場で己がなすべきことを瞬時に判断すると、背後のルドルフに短く告げた。

「ルド、ここは頼んだ！」

そしてデルイは青空に向かって勢いよく飛び出した。耳元で風が唸《うな》り、常ならばエア・グランドゥールを守る壁と魔法によって遮断されている、切り裂くような冷気が頬を撫《な》でる。

落下しながらデルイは、自身に高位の魔法障壁を張って外気を防ぐ。それから重力魔法を重ねがけして、己の意志で落下をコントロールした。

少し先を落ちてゆくシモンの姿を視界に捉え続け、見逃すまいとする。風になぶられるシモンはまるでひらひら舞う木の葉のようだった。本当に着地手段を考えているのか、怪しいものだ。もしやカーバンクル達と一緒に飛び降り自殺でもするつもりなのだろうかと訝《いぶか》しむ。

——まあどちらにせよ、逃すつもりはないが。

この自分を前にして逃げ果《おお》せられると思っているならば、大きな間違いだ。たとえ上空一万メートルから飛び降りての逃亡だろうと、自殺だろうと、どちらにせよ見過ごすつもりはさらさらない。

デルイは自身にかける重力を増やし、落下速度を上げた。迫るデルイを見てシモンが叫ぶ。

「うっ、くそ、くるな！　くるな‼」

声に呼応するかのように、上着のポケットから顔を出したカーバンクルがデルイを狙い撃ちしようとした。が、デルイは右手を振り上げ魔法を放つ。直撃した眠りの魔法により、シモンもカーバンクルも深い眠りに誘《いざな》われ、だらりと体から力が抜けた。

「おっと」

しがみつく力すら失ったカーバンクルがバラバラと力なく空に散りそうになったので、デルイは慌てて捕獲して、シモンの体も抱えた。びゅうびゅうと耳元で風が鳴き、雲の中へと突っ込む。抜けると眼下には、春の王都の街並みが見えた。

ぐんぐん近づく地面に対してデルイは恐れも怯みもしなかった。

鮮やかなピンク色の髪をなびかせ、蜂蜜《はちみつ》色の瞳は正確に落下場所を見据える。やがて人の姿も間近に迫った頃、デルイは風の魔法を放って勢いを殺した。ぶわりと体が浮き上がり、一瞬体が空中で止まる。トン、とつま先から鮮やかな着地を決めたデルイは、右脇に抱えたシモンとカーバンクルを見る。深い眠りについている彼らは、今しがた地上に着地したことにすら気がついていなかった。

「何だ……今、空から降ってこなかったか」

「もしかしてエア・グランドゥールから？」

空から突如落ちてきたデルイに驚いた通行人達が足を止めて囁《ささや》き出す。デルイは肩にシモンを担ぎ直すとにこりと微笑み、適当な言い訳を口にした。

「どうもお騒がせしました。護衛業務の訓練の一環ですのでお気になさらず」

デルイの着ている制服に目を向けた野次馬達は、彼がエア・グランドゥールの護衛騎士であることに気がつくと、あぁ、と声を出し、三々五々に散っていった。それらをニコニコしながら見送った後、「さて」とポケットから通信石を取り出して起動させる。しばしの明滅の後に聞こえてきた声は、極めて冷静な相方のものだった。

「捕らえたか」

「当然」

「じゃ、早くエア・グランドゥールまで戻って来い」

「了解」

短いやり取りの後に切られた通信石をポケットにしまい、デルイは踵《きびす》を返してエア・グランドゥールへと向かう飛行船に乗り込むべく歩き出した。


デルイが犬人族のシモンを追って飛び降りた後、ルドルフの手際は見事であった。

破壊された窓を結界で覆って外気の侵入を防ぎ、一時的な措置を取る。部屋中を吹き荒んでいた暴風が収まり、体に自由が戻った。ソラノは窓辺に近寄ってそこから外を見る。落下する二人は既に豆粒ほどの大きさになっていた。ソラノは焦り、ルドルフをふり仰ぐと、叫ぶ。

「デルイさん飛び降りましたけど、大丈夫でしょうか⁉」

「落ち着いてください、ソラノさん。あいつはこれしきのことでは死にません。それより」

上空一万メートルからの身一つでのスカイダイビングを、「これしきのこと」と言ってのけたルドルフは、部屋の隅に佇《たたず》むフロランディーテに目を向ける。先ほどの風のせいで帽子が取れ、まとめていた髪も解《ほど》けてしまった彼女は、腰まで伸びた豊かな銀色の髪があらわになっていた。

それを見たマルクが目を白黒させる。

「……銀色の髪に、紫色の瞳……もしや、この国の王族のお方……⁉」

一方の王女様は、マルクを見てなぜか落胆の色を隠さずにいた。その唇が小さく開き、「人違いね」と言ったのをソラノは確かに見た。

王女は金髪で、緑の目を持つ、一五歳くらいの少年に会いたかったと言っていたが、どうやらマルクではなかったらしい。

ルドルフの通信石が明滅し、ポケットから取り出して起動する。「捕らえたか」という問いに対して、「当然」と返したのはデルイの声だった。聞こえてきたいつもと変わらない軽快な調子に、ソラノはホッとする。

ルドルフはエア・グランドゥールまで戻るように告げるとさっさと通信を切り、落ちたフロランディーテの帽子を拾い上げると、冷静に言う。

「フロランディーテ王女殿下、皆が心配しています。王都を筆頭に、あなたの大規模捜索命令が出ています」

「どうして、書き置きは残しておいたのに」

「未明に一人で部屋から抜け出せば、何かがあったと思うのが普通ですよ」

「……ごめんなさい」

フロランディーテは項垂《うなだ》れ、力を失い脱力した。後ろに控えるパトリスの「ニャア」という情けない声が部屋に響いた。

＊＊＊

デルイとルドルフは速やかにシモン、マルク、カーバンクル達を詰所まで連行し、同時に王女殿下が見つかった旨を部門長に報告。王女をどうするか検討し、各種の犯罪者が捕縛され騎士と共に行き交う慌ただしい詰所に連れてくるのは止《や》め、店の了承を得て、ビストロ　ヴェスティビュールへと送り届けてあった。店休日でありスクリーンを降ろしてある店は人目につきづらいので、王女を匿《かくま》うのにうってつけだ。王都行きの飛行船が飛び立つ第一ターミナルに存在しているので、準備が整えば城に帰るのにも手間どらない。話を聞いたロベールは、自身の護衛を引き連れて即座に店へと向かった。

デルイとルドルフの二人は、シモン達を部屋の一室に閉じ込めて事情聴取を開始する。

すっかりおとなしくなったシモンは、ポツポツと語り始めた。

シモンは学術都市ヴィルールにある魔法生物保護施設のカーバンクルの保護責任者だ。同時に学者として生体研究も行っており、長年にわたる彼の研究は他の追随を許さず、その論文の数は一〇〇を超えている。

そんなシモンは誰よりもカーバンクルという生き物を愛しており、また保護に全力で努めていた。

しかしある時、ふと彼らの声を聞いてしまったのだ。

――帰りたい、帰りたい、帰りたい。

――故郷に帰りたい。

――自然の場所に帰りたい。

それは、数匹のカーバンクルの内から発せられる声だった。もちろん言葉にしているわけではないのだが、ずっとカーバンクルという生き物に寄り添い生きてきたシモンは、誰よりも彼らの意思を汲《く》み取ることが出来た。

「帰りたいのかい？」

——帰りたい。龍樹の都に帰りたい。

——見渡す限りの自然に囲われたあの場所へ帰りたい。

——この箱から出て、自由に駆け回りたい。

シモンは困った。保護施設で生まれ育った個体はそんな気持ちを持つことなどないだろう。

しかし今、帰りたがっている個体は、確かに元々は龍樹の都に生息していたカーバンクル達だ。

カーバンクルはシモンを見上げて言う。

——帰りたい。

——帰りたい、帰りたい。

——死ぬ前に故郷の土を踏みたい。

「そうか……」

シモンは悩んだ。第一級絶滅危《き》惧《ぐ》種《しゅ》に指定されているカーバンクルを施設外に連れ出すことは、禁止されている。しかしこの必死な訴えを無視するのは、身を切り裂くよりも辛《つら》いことだった。

結局のところ、こうして保護という体で彼らを柵《さく》の中に囲っているのは、人のエゴではないだろうか。

なるべく自然に近い状態を作り上げ、考えつく限りの最良な環境を与えているつもりだった。

だが彼らは決してこの施設に満足していなかった。

出来うることなら彼らの意志を尊重してやりたい。

思い悩んだシモンは、人の法よりカーバンクルという魔法生物の気持ちを尊重することに決めた。

管理責任者であるシモンがカーバンクルを連れ出すのは容易く、ことは簡単に決行された。

カーバンクル移送の偽装証書を作り上げ、鞄《かばん》に彼らを入れ、明け方にこっそりとヴィルールを発《た》つ。そうして馬車を乗り継いで王都に入り、シモンはエア・グランドゥールまでやって来たのだ。

あと少し。あと少しで彼らの願いは果たされる。飛行船に乗って、龍樹の都に着きさえすれば……。

「……だがそれは、果たせなかったようだ」

がくりと項垂れるシモンは、未だ魔法で眠ったままのカーバンクル達を見つめた。

「約束を守れなくて、ごめんな。私はダメな研究者だ」

「そんなことはないです」

「マルク……」

「シモンさんの功績は素晴らしいです。他の何者にも代え難い情熱と、魔法生物に寄り添う心。だから僕達は、シモンさんがカーバンクルを連れ出したと気がついた時、話し合って決めました――この件はどこにも知らせず、自分達の力で解決しようと」

「……………」

「誰にも気がつかれなかったら、盗難事件は起きていないも同然です。シモンさんも連れ出したカーバンクル達も研究所に戻れば、いつもと変わらない日々がまた送れる。そう考えたんです。まあ結局、こうして騎士様の力を借りることになり、全て明るみに出てしまいましたけども」

マルクもシモンもこれから先のことを考え、肩を落とす。

デルイとルドルフは騎士であり、エア・グランドゥール内で起こる様々な犯罪を取り締まるのが仕事だ。絶滅危惧種の魔法生物の盗難及び密輸は看過できない事案である。普通であればシモンは研究者としての仕事を解雇の上、監獄行きだ。しかしこの件においては、一点だけ情状酌量の余地があった。

「シモンさんは自分では気がついていないようでしたが、カーバンクルの放つ精神魔法にかけられていましたよ」

ルドルフの言葉に落胆しきっている二人は顔を上げた。

宿泊施設の部屋に踏み入ったデルイとルドルフが相対したシモンは、明らかに正気を失っていた。

加えてカーバンクル達はシモンを守るかのように立ちはだかり、魔法を行使していた。

おそらく故郷に帰りたいという自分達の意志を代行してもらうべく、シモンに精神魔法をかけて意のままに動かしていたのだろう。

だからこの場合、シモンは犯罪者であると同時に被害者でもあるということになる。

「……じゃあ、どうなるんだ……？」

「通常、人間に対し許可なく精神魔法を行使した魔法生物は処分される。が、今回の場合は絶滅危惧種だからそこまでの厳しい処罰はないだろう。せいぜいが保護施設に送り返され、厳重管理が研究所に申し渡されるくらいだ。それで君も、注意喚起に留まる可能性が高い」

デルイの言葉にマルクは縋《すが》り付くような視線を送った。

「ということは……シモンさんは監獄送りにはならない……？」

デルイは言葉を返さず、ただ肩をすくめた。二人は抱き合い、涙を流し、シモンはひたすらに謝罪の言葉を口にする。ヴェルミヨンは机の上に乗り、すやすやと眠っている同胞達を不思議そうに見つめていた。

# 【五品目】フリュイ・デギゼ　―王女と婚約者―

ビストロ　ヴェスティビュールの店内は物々しい雰囲気に包まれていた。

ガラス張りの前面はスクリーンがぴっちりと床まで降ろされており、出入り口の扉は鍵《かぎ》をかけて何人たりとも入ってこられないようになっている。

中にいるのはビストロ　ヴェスティビュールの面々をはじめとし、巻き込まれた可哀想《かわいそう》な庭師パトリス、そしてフロランディーテとロベール、あとはロベールの護衛だ。

今回の一件の事情を聞くために、マルクと気絶したシモンとを騎士の詰所へと連れて行く間、王女を店で預かることになったのだが、王女が見つかったという知らせを受けたロベールが店まですっ飛んで来た。

全く何も知らされておらず、場所だけを貸している状態のカウマン一家は知らぬ存ぜぬ何も聞かぬを貫いており、厨房《ちゆうぼう》で黙々と明日の仕込みを続けていた。ソラノは微妙に関わってしまっているため、やはり明日の仕込みを手伝いながらも、カウンター内からことの成り行きをこっそりと見守っていた。

ロベールは常ならぬ怒りのオーラを発しており、腕を組んで向かいに座る妹を睨《ね》め付《つ》けている。

「……フローラ、一体何をやっているんだ。王都中がそなたを探してひっくり返るような大騒ぎになっていたんだぞ」

「書き置きは残しましたわ。『夜までには帰ります』って」

「そんなものあてになどなるか。どこをほっつき歩いているかわからない上に、正体がバレて攫《さら》われでもしたらどうするつもりだったんだ」

「…………」

王女は罪悪感があるのか、俯《うつむ》いてテーブルの上をじっと見つめている。ロベールは息を吐いた。

「全く、どうしていきなり城を出るような真似《まね》をしたんだ？　エア・グランドゥールに来たいのであれば、私に言えば良かろうに。今日の夕方にはそなたの婚約者も城にやって来る。花祭りも婚約発表の場も迫っているというのに、よりにもよってどうして……」

「……お兄様にはわかりませんわ！」

滔々《とうとう》と説教をするロベールを遮る声は、涙に滲《にじ》んでいた。顔を上げたフロランディーテの紫色の瞳《ひとみ》からは大粒の涙がとめどなく溢《あふ》れ、テーブルの上にぱたぱたと滴った。

「何もかも勝手に決めてしまったお兄様に、私の気持ちなんて、わかるはずもありませんわよ！」

人目もはばからずにわあっと泣き出すフロランディーテを前にして、ロベールは面食らった。王女としての教育を施されている妹は、こんなふうに衆目の前で感情を爆発させるように育てられていない。一体何がそんなに気に障ったのか、ロベールには心当たりが全くと言っていいほどなかった。

経営者として優れた才覚を持ち、明晰《めいせき》な頭脳で大体の物事をそつなくこなすロベールであったが、今この瞬間は血のつながった妹の気持ちがわからない朴念仁の兄であった。

「……フローラ、何が何だかさっぱりわからない。どうか兄にわかるように話してくれないか」

とりあえずは話を聞き出そうと、眉尻《まゆじり》を下げ、声音を和らげて訴えると、フロランディーテはぐすぐすとしゃくり上げながらも理由を語り出した。

フロランディーテには忘れられない人がいた。それは五年前に城の中で出会った、どこかの国の王子様だ。

＊＊＊

「あら、迷子？」

「あ、うん」

その日フロランディーテが王城の一角で出会ったのは、金髪に緑の目を持つ少年だった。広大な城の廊下の一角、人の目が止まりにくい柱の陰で困ったような表情で立ち尽くしている。衣装がこの国とは異なる所をみるに、現在城に滞在中のどこかの国の貴賓なのだろう。

城にはいつもさまざまな国からお客様がやってくる。誰のお客様なのか、どこからやってきたのか、フロランディーテにはわからない。わからないが、同い年くらいの少年が来るのは珍しいので少々興味を惹《ひ》かれた。

「どこへ行こうとなさっていたの？」

「部屋へ戻ろうかと」

「あら。特に予定はないのかしら」

「はい、特には……」

なんだかぼんやりとした表情の男の子だった。大丈夫なのか心配になってくる。

「ね、予定がないなら私がこのお城を案内するからついて来ない？」

「え、でも、母様が心配するから」

部屋に戻って時間を無為に過ごすくらいなら、城の中を案内してあげようと思ったのは、フロランディーテの方も時間を持て余していたせいかもしれない。それに年の近い少年というのはあまり身近にはいない存在のため、ちょっとした興味もあった。

「大丈夫、友好国の王女とちょっと散歩するくらい誰も咎《とが》めないわよ」

言ってフロランディーテは返事を待たずに少年の手を取って歩き出す。

「どこに向かってるの？」

「そうねえ、天気もいいからお庭へ行きましょうか。今の時期は花がとても綺麗《きれい》なのよ」

ドレスの裾《すそ》をつまんで先導する。春真《ま》っ只中《ただなか》のグランドゥール王国はどこへ行っても花が咲き乱れておりとても美しい。王城のバルコニーから見える王都の様子はさながら天上の楽園のように緑と色とりどりの花に覆われている。

当然国の中心となる城の庭園も素晴らしい。庭師が腕によりをかけて剪定《せんてい》しているバラ園などはその最たるものだ。

二人は城内に負けず劣らずの広々とした庭を歩きつつ話をする。

他国のことを聞くのは面白かった。気候、文化、人々の暮らしぶり、食べ物。似た部分もあれば全く異なる部分もある。家庭教師に習うのと実際に住んでいる人から聞くのとでは印象も随分違う。

「僕もグランドゥール王国に来て驚いたよ。このように豊かな国があるなんて。昨日は中心街を訪れたけど様々な種族が集まって暮らし、賑《にぎ》わい栄えて住んでいる民も幸せそう」

「ふふ」

自分の国のことを褒められフロランディーテは気を良くした。

ふと彼の顔を見るとじんわりと汗をかいている。話に夢中になり過ぎて、少し歩き過ぎてしまったたろうか。

「ね、沢山歩いたしちょっと休憩しないかしら？　いい場所があるの」

「うん」

少年が頷《うなず》いたので、フロランディーテは庭の一角にある温室へと案内する。中は明るく、ふわっと花と果実の甘い香りが鼻腔《びこう》を満たした。室内は腰棚が何列も並んでおり、そこに緑の葉と親指ほどの白い花がつき、そして赤い小さな果実がいくつも実っている。庭師が剪定作業の手を止めて挨《あい》拶《さつ》をする。

「ごきげんよう、フロランディーテ王女殿下」

「ごきげんよう、パトリス。お邪魔するわね」

「ねえ、ここは？　なんだか甘い匂いがする」

「ここはね、苺《いちご》を育てている温室よ」

「イチゴ？」

言って首をかしげるので、フロランディーテは手近にあった食べ頃の一つを手にとって、説明をする。

「この赤い果実が苺よ。洗えば丸ごと食べられて、とっても甘くてジューシーなの。私、苺が大好きで、よくここに来ては摘んでベンチで食べているの。今日はあなたも一緒にどう？」

「いいの？」

「いいに決まっているわ。さ、一緒に摘み取りましょう。緑色のはまだ成熟してないから採らないでね。真っ赤なものが美味《おい》しいわよ」

二人で真剣に美味しそうな苺を吟味する。これが大きい、これは小さいけど赤くて美味しそうと相談しながら摘み取るのは楽しかった。パトリスが気を利かせて用意したバスケットを少年が持ち、そこにどんどん苺を入れていく。二人で食べるには十分すぎる量の苺を収穫してから、パトリスにお礼を言った。

並んでベンチに腰掛けると、魔法で出した水で苺を洗いパクリとかじりつく。摘みたてのフレッシュな苺の果汁が口いっぱいに広がって、散歩で疲れた体に水分と甘味が染み渡った。

「美味しい……」

「でしょう？」

隣で苺を同じようにかじっている少年が目を輝かせてそう言ったので、フロランディーテは同意した。苺は美味しい。グランドゥール王国が誇る春の特産品だ。

気に入ったのか少年はパクパクと苺を食べ続ける。夢中になって食べる姿に、つられるようにフロランディーテも次の苺を口にした。

ふと少年が食べる手を止めて苺とフロランディーテを見比べた。

「可愛《かわい》いね」

「苺の実が？　そうね、美味しいだけじゃなくて可愛いわよね」

「いや、そうじゃなくって」

少年は口の中でモゴモゴと何かを言っていたが、聞き取れなかった。誤魔化すように持っていた苺を口に放り込み、今度は苺をモゴモゴと噛《か》み始める。

「私もいつか他の国へ行ってみたいわ」

「是非、僕の国に。その時には僕が案内します」

「楽しみにしているわね」

そう二人で微笑《ほほえ》みながら見つめ合ったのがフロランディーテの心に刻み込まれた記憶だった。


「……お兄様は、どうして私の婚約者のことなのに、何も話して下さらないのっ」

さめざめと泣くフロランディーテを前にして、一同は沈黙した。まだ一二歳の王女様が感情を剥《む》き出《だ》しにして気持ちをぶつける様は、見ていて痛々しかった。

フロランディーテの泣き声だけが店内に響く中、口を開いたのは兄のロベールだった。

「フローラ、色々と……知らせずにいてすまなかった。だが、信じて欲しいのだが、決してお前を悲しませようと思っていたわけではない。むしろ喜ばせようと思っていたのだ」

フロランディーテは紫色の大きな瞳に非難がましい色を浮かべて兄を見ていた。

「…………」

ロベールは視線を左右に彷徨《さまよ》わせ、何を言おうか思案した後、ポケットから懐中時計を取り出し時間を確認した。

「いや、言い訳を重ねるのはよそう。とにかくお前の婚約者はもう間も無くエア・グランドゥールへと到着する。せっかくなので店の中から見ていてくれないか」

「……いいんですの？」

「いいも何も、そのために遥々《はるばる》ここまで来たのだろう」

ロベールは帽子を手に立ち上がり、ポケットから通信石を取り出した。

「私は行かねばならない。念の為、フローラの護衛に騎士を呼ぼう。良いか。くれぐれもここから出てどこかへ行かないように。……あぁ、ミルド部門長か。悪いがルドルフとデルロイの二人をビストロ　ヴェスティビュールまで派遣してくれないか」

数分後、ルドルフとデルロイの二人が店にやって来た。

扉を開くなり、泣《な》き腫《は》らしたフロランディーテがぽつねんとテーブル席に座っているのを見て事情を察したのか、何も言わずに護衛の態勢を取る。

スクリーンを少し開けた窓からターミナルを見るフロランディーテは、憔悴《しょうすい》しきっていた。

ソラノはそんな彼女の前に、一皿の料理を置く。艶《つや》やかな透明な飴《あめ》を纏《まと》ってキラキラしている苺を前に、フロランディーテは顔を上げてソラノを見た。

「これは……？」

「フリュイ・デギゼという、苺に飴を纏わせたデザートです。先ほどお出し出来なかったので、よろしければ今、どうぞ。甘いものを食べれば、少しは気分が晴れるかもしれませんよ」

躊躇《ためら》いながらもフロランディーテはフォークを手に苺を口にする。パキッと乾いた音がして、飴が割れて苺が王女の口の中へと入った。

「……美味しいわ」

「恐れ入ります」

「私があの方と食べたのも、苺だったのよ」

「フロランディーテ様、ロベール殿下を信じましょう」

ソラノはしょげる王女を励ますように言った。

「私はお店にいらっしゃる殿下しか知りませんが、殿下はフロランディーテ様をとても大切にしているように感じました」

フロランディーテは少し迷った様子だったが、やがてゆっくりと頷いた。

＊＊＊

第四ターミナルは厳戒態勢が敷かれていた。

オルセント王国からフロランディーテ王女の婚約者を乗せた飛行船が着港する。

出迎えるのは同じく王族であり、この空港の経営にも携わっているロベールと、護衛の騎士達である。

船から出てきた人物にロベールは挨拶をした。

「遠路遥々お越しいただきまして、誠にありがとうございます、フィリス殿下」

「こちらこそわざわざ出迎えありがとうございます、ロベール殿下。こうして再びグランドゥール王国に来られるとは、夢にも思っておりませんでした。ロベール殿下のおかげです。なんでも僕とフロランディーテ王女との婚約を推し進めてくださったのは、殿下であるとか」

「殿下の功績は申し分ありませんでしたので。それに私も兄として、妹の喜ぶ姿が見たい」

「フロランディーテ王女は僕との婚約を喜んでくれるでしょうか」

「それは、もう。喜ばないはずがない」

ロベールはにこりと笑みを浮かべ、ターミナルの出入り口を示した。

「では参りましょうか」

並び立って歩く二人の脇を固めるように騎士達も歩く。

中央エリアを通って、第一ターミナルへ。一団を見て、周囲の空港利用客が何事かと足を止めて注目する。ターミナルの待合所から王都に降りる飛行船を待つしばしの間、フィリスは周囲を見回し、感嘆の息を漏らした。

「それにしても、空の上にこれほどの施設を作るとは、何度見ても驚きです。殿下はエア・グランドゥールの中で気に入っている場所などはありますか?」

「そうですね、最近はちょうどそこにあるビストロ店が好きでよく通っています」

ロベールが後方を向いて指し示した先には、ガラス張りにモスグリーンの庇《ひさし》が張り出した洒落《しゃれ》た店が存在していた。ほぼ全ての窓にスクリーンが降りているが、不自然に一箇所だけ開いている箇所があった。フィリスは興味深そうに店を眺めていたが、やがて店内の人物に目を留め、ハッとした表情になる。

「ロベール殿下、もしや店の中にいる人物は……」

「あぁ、そういえば本日、妹が来ていた気がしますね」

「会いに行っても？」

フィリスの顔には喜びが隠しきれておらず、緑色の瞳《ひとみ》は輝いていた。

ロベールが頷くと、フィリスは「ありがとうございます」と言い、金色の髪を靡《なび》かせながら店へと近づいていった。

＊＊＊

店の外、第一ターミナルがにわかに騒がしくなる。

みんなでなんとなく店の外を見ていると、護衛に囲まれた一団がやって来た。

「来たみたいですね、王女様の婚約者様」

ソラノの言葉にフロランディーテは全身を強張《こわば》らせ、窓の外を食い入るように見つめる。

ロベールの隣を歩く人物が、婚約者なのだろう。正装を纏ったすらりと背の高い人物の横顔と、金髪が見えた。

「……あら」

フロランディーテは思わず声を漏らす。

王都へ降りる飛行船に乗り込む前に、一団が足を止める。ロベールと何か会話を交わしてから二人が振り向いた。揺れる金髪、緑色の瞳。顔立ちはあどけなさを残しながらも、青年に変わりつつあるものであった。

「まさか……！」

フロランディーテは思わず立ち上がる。

二人が店に近づいてきた。ソラノが扉をそっと開け、来店に備える。パトリス、ルドルフ、デルイは邪魔にならないように店のカウンター付近まで下がった。護衛を残して店に二人が入ってくると、フロランディーテがはっと短く息を吸い込む。

ロベールと共に来店したのは、金髪で緑色の目をした、フロランディーテよりも少し年上に見える少年だった。一五、六歳だろうか、白地に金縁の衣装が似合う彼は長旅の疲れを感じさせない様子で、顔には隠しきれない喜びが浮かんでいた。

「お久しぶりです、フロランディーテ王女。……僕のことを、覚えている？」

「……お城で昔、迷子になっていた……」

「そう。君と温室で苺を食べた」

「あの……まさか」

「君のことを忘れられなくて、婚約者候補に名乗り出た。お兄様のロベール殿下には、何かと尽力していただいたよ」

「え……まさか……」

フロランディーテが視線をロベールに送ると、兄は優しく微笑みかすかに頷いてくれた。

フロランディーテは大国の末姫であり、幼少期より縁談話が絶えなかった。彼女の意思に関係なく政略結婚が義務付けられており、一五歳までに婚約を発表するということになっていた。

城にはフロランディーテに会うために諸外国の王子や国内の有力貴族がやって来て、彼女と会話をしたり共にひとときを過ごしたりする。誰も彼もが年上で、一回りも歳《とし》が違う人物もいた。彼らは王女の機嫌を取るべく、女の子が好きそうな話題を振ったり珍しい贈り物を持参したりとあの手この手を使ったのだが、フロランディーテは誰といてもいまいち楽しそうではない。

そこでロベールは、かつて妹が話してくれた一人の王子の存在を思い出した。

フィリス・ド・オルセント。オルセント王国の一二番目の王子だ。

釣り書きを確認すると、金髪に緑の瞳を持つ優しそうな少年が描かれている。経歴としては、一五歳にして自国の土壌改良や治水工事に尽力し、作物の栽培や収穫量の増加に貢献したと書かれている。時に現地に赴き国民と共に工事に励んだとも書かれており、この年齢にしてはかなりの功績であると言えた。

肩書きや経歴、グランドゥール王国にもたらす有益性などを考えれば、他にも有力な婚約者候補がごまんといた。しかしロベールはフィリス王子を強く推薦した。

「五年前、フローラは私に話してくれただろう。『温室で迷子の男の子と一緒に苺《いちご》を食べた。金髪に緑色の目がとても綺麗《きれい》な子だった』と。その時のそなたの表情は見たことがないほど楽しそうだった。あの日に城に招いていた子供の中で、その特徴を備えていたのはオルセント王国の王子フィリス殿下だけ。だからフローラの縁談が持ち上がった時、幾人もの候補の中から私は彼を推薦した。フィリス・ド・オルセント殿下。正真正銘、そなたの婚約者だ」

全ての合点がいく。

フロランディーテを喜ばせたかったという兄の言葉。「当日まで秘密」と言っていたのは、驚かせたかったのだろう。

まさかの展開にフローラは、一体どういう反応をすればいいかわからない。

婚約者に名乗り出てくれたフィリスに喜びを伝えるべきなのか、兄に感謝するべきなのか、それとも「内緒にしなくてもいいじゃない、お兄様のばかっ！」と怒るべきなのか。

フロランディーテが固まっていると、目の前の初恋の人にして婚約者となったフィリスがそっと手を取った。

「今日、君に会えるのをとても楽しみにしていたんだ。おや、食事中だった？」

「えぇ、デザートですけれど」

「苺だね。君と僕が出会った時に食べたものだ」

フロランディーテがこくりと頷《うなず》くと、フィリスは視線を彷徨わせ、「あー」と声を出す。

「とても美味しそうだから、僕も一皿いただきたい。それにこの店は、ロベール殿下のお気に入りらしいし……時間が許すなら、だけれど」

ロベールは二人を見比べ、やんわり告げる。

「城には連絡を入れておくので、心置きなくどうぞ」

「ありがとう」

二人は向かい合って席に着く。

間髪容れずにフィリスの前にも一皿のデザートが置かれた。

店の面々は突然の事態にも動揺せず、また店が休みの日であるにもかかわらず、デザートを用意して給仕をしてくれた。

フロランディーテが見上げると、給仕係が笑みを浮かべていた。

「どうぞ、フリュイ・デギゼです」

「ありがとう、ええっと……あなた、お名前は確か……」

「ソラノです」

「ありがとう、ソラノ」

フロランディーテの礼に、ソラノは笑顔で応対した。

フィリスの視線は、透明な飴のドレスを着て洒落込んだ苺のデザートに釘付《くぎづ》けだった。

フォークを手に取り苺に刺す。ゆっくり味わってから、顔を綻《ほころ》ばせた。

「うん。美味しい。五年ぶりの苺を、君と一緒に食べられてよかった」

「……私も、フィリス様と一緒にいただけて、嬉《うれ》しいわ」

フロランディーテがフィリスの顔を見つめながら言った。きっと今の自分の顔は、この苺に負けず劣らず真っ赤なのだろう、と思った。

# 【六品目】いちご飴《あめ》―花祭りに臨時出店―

「王女殿下が召し上がったフリュイ・デギゼを求めて来たんですけど」

「王女様が婚約者の方といただいたというデザートはこちらにありますの？」

「あの、満席ですか？　お嬢様がフリュイ・デギゼを是非ともとご所望なのですが」

「席が空くまでにどれほどかかります？」

「少々お待ちいただけますでしょうか、只今《ただいま》満席でして、順番にご案内しますのでお並びください」

矢継ぎ早に繰り出される店の前に詰めかけたお客様からの質問に、ソラノは答えていた。

フロランディーテ王女と婚約者のフィリス殿下がフリュイ・デギゼを食べた、という噂《うわさ》はたちどころに広がり、開店するなり店は大繁盛だった。貴族平民の身分に関係なく、若い女性を中心にフリュイ・デギゼを求める人だかりができている。

ただでさえ空港利用客でごった返しているのに、飛行船に乗り込んで王都からビストロ　ヴェスティビュールにやってくる客が押し寄せ、第一ターミナルの混雑はひどい有様だった。

護衛の騎士や商業部門の事務職員までもが動員されて混乱を解消しようと試みているが、むしろ騒動は大きくなる一方である。

商業部門の部門長エアノーラは第一ターミナルの端で事態を見守りつつ、ため息をついた。

「困ったわね……ここまで大ごとになるなんて」

ビストロ　ヴェスティビュールは商業部門の管轄である。であれば、この事態は商業部門内で解決すべき出来事だ。とはいえここまで一軒の店に客が殺到するのは異例の事態であり、どう対処すべきかエアノーラとしても困ってしまう。

かくなる上は、王都からエア・グランドゥールに来る客で、他国へ出国予定のない者は受け入れを禁止してしまうか。この場所はあくまで空港だ。フリュイ・デギゼのみを求める客のせいで利用客に不便を強いるのは本意ではない。

エアノーラがそう考えていると、背後から声をかけられた。

「大変な騒ぎだな」

「殿下」

ロベールが隣に立ち、エアノーラ同様ターミナルに視線を走らせる。深紫色の瞳を細めた。

「王都から客がこれほど押し寄せるとは、前代未聞だ」

「はい。規制をかけようかと考えております」

「しかしそれでは、王都民が納得しないだろう。下で騒ぎになるやもしれん」

「仕方がないかと。数日すれば落ち着くでしょうし、その間はもし揉《も》めた時のために、下に騎士を派遣しましょう」

「確かにそれも一つの方法だ。だがなエアノーラ。私に一つ考えがある」

ロベールは言いながら、手に持っていた書類をエアノーラに差し出してきた。エアノーラは書類に目を通し、ロベールの考えを即座に読み取ると口の端を持ち上げる。

「あら、これはいい考えですね」

「だろう？　店の面々に話を通しておいてくれるか。ここまでの騒動に発展したのは、店をフィリス殿にすすめた私の責任でもある。ならば私も事態収拾のために動かねばなるまい」

「きっと彼らも、喜んでくれるでしょう。では、早速今日の閉店後にでも」

エアノーラは書類を丸め、ロベールに頷きかけてみせた。


「……閉店でーす、お疲れ様でしたっ！」

最後の客を見送ったソラノは、店の扉を閉めた。

店内では脱力しきったカウマン夫妻がカウンターに突っ伏している。

「客の数が尋常じゃなかった」カウマンが言った。

「苺を……あたしゃもう当分、苺を見たくないさね」サンドラが呻《うめ》いた。

「おし、これから明日の仕込みをしよう」バッシはまだ元気そうだった。

ソラノは店の片付けをしながら、騒動を振り返る。

「すごかったですねぇ、みんなフリュイ・デギゼをご注文されていました。王女様の注目度が高いってことなんですかね」

「何せフロランディーテ王女様の婚約は、今年の花祭りで一番の話題だからな」

「その話題のお方が、話題の婚約者様と一緒に召し上がったデザートとなれば、一度は食べてみたいと思うのが人心ってもんさねぇ」

バッシの相槌《あいづち》にサンドラも同意する。

「値が張るお料理でもないですしね」

「きっと明日もどっと客が押し寄せる。腕が鳴るな！　よおし、親父《おやじ》、張り切って仕込みだ！」

「仕込みったってお前、材料何もないだろうがよ」

張り切るバッシに向かってカウマンは牛の顔を思い切り顰《しか》めた。

その時である。

「お邪魔するわよ」

聞き慣れた、しかし暫《しばら》くぶりに聞く凛《りん》とした声と共に店の扉が開かれた。

やってきたのはエア・グランドゥール商業部門の責任者であるエアノーラだった。

今日も今日とて全身隙のない完璧《かんぺき》な装いの彼女は、藍色《あいいろ》の髪を靡《なび》かせて店内を横切ってくる。

ソラノは片付けの手を止めた。

「エアノーラさん、お久しぶりです」

カウマン一家はテナント最高責任者の唐突な登場にかしこまった。カウンターでグダッとしていたカウマン夫妻はピシッと背筋を伸ばして立ち、直立不動の姿勢となる。

エアノーラの放つ威厳は、人を無意識のうちにきちんとさせる不思議な力を持っていた。

「閉店作業中にごめんなさいね。ロベール殿下から一枚、書類を預かって来ているの」

言いながらカウンターの上に書類を置く。いつぞやの改装作業に悩んでいた時を彷彿《ほうふつ》とさせるやりとりに、一同は書類を囲んで内容を確かめた。

「……花祭りの出店許可証、ですか？」

「ええ。本来ならばもうとっくに締め切られているのだけど、殿下が許可を取ってくださってね。

今のこの騒ぎじゃあ、店の通常営業にもエア・グランドゥールの利用客にも支障が出るでしょう。祭りの目玉として扱うからと出店許可を得たらしいわ。これなら、皆が納得すると思わない？」

エアノーラに言われ、ソラノと店の面々は顔を見合わせ、頷いた。

「実は私達も困っていたので助かりました」

満場一致でビストロ　ヴェスティビュールは花祭りに出店することになった。口角を吊《つ》り上《あ》げたエアノーラが、どこか楽しげに言う。

「じゃあ、頼んだわよ。店が花祭りに出ることは、大々的に告知されるらしいから、しっかりね」

用事を済ませて去って行くエアノーラを見送ると、閉店作業を速やかに終わらせて早速出店に向けての話し合いを行った。

「出すのは当然、フリュイ・デギゼになるわけだが、どうやって売ろうか」

「今のままだと、祭りに出すには一皿に載っている苺《いちご》の量も多いし値段も高いからな。一皿に盛る数を減らして値段も下げた方がいいだろうな」

カウマンの言葉に、バッシがそんな風に意見を出す。

「小さめの皿とフォークでも用意するかい？」

バッシの言葉を受けたサンドラの提案に、ソラノは首を捻《ひね》った。

「でも、お祭りの目玉として扱われるんですよね……きっと今日みたいにお客様が殺到するでしょうし、お皿洗い、間に合います？」

「あぁ、言われてみれば間に合わないかもしれないねぇ」

「それに、今回のために大量にお皿とフォークを用意しても、後々使うことってあるんでしょうか」

「うーん。ねえだろうなぁ」

ソラノの疑問にバッシは首を左右に振って重苦しく言った。サンドラはすがるような目でバッシを見て、問いかける。

「バッシ、アンタ『女王のレストラン』時代に花祭りの出店の経験はないのかい」

「ねえなあ。今回が初めてだ」

「そうかい……」

一体どうやって売るか。出店が決まったのはいいものの、いきなり難問に行き当たり、皆は沈黙した。ソラノは何かヒントになることはないかと、中心街にアーニャと出かけた時のことを思い出す。

「中心街に出ている露店では、果実を器に見立てたジュースが売っていたり、紙に包《くる》まれた焼き菓子や軽食が売られていますよね」

「あぁ。手軽に食べられる感じのものが多い」

「ならフリュイ・デギゼも手軽に食べられるような形で売り出したらどうでしょうか」

「手軽にねぇ……」

「手軽さとは程遠いデザートに見えるがなぁ」

サンドラとカウマンがソラノの意見に渋い声を出す。

「やっぱり新しく小皿とフォークを用意したらいいんじゃないのかい？」

「うーん……」

ソラノは本日散々注文を取って運び続けたフリュイ・デギゼを思い返した。

苺に飴がかかってキラキラとしたあのデザートを、一体どうすれば手軽に売ることができるのか。そうして難しい顔をして考え続けていたソラノは、「あっ」と声を漏らした。カウマン一家がそれに食いついてくる。

「どうした、ソラノちゃん」とカウマンが問いかけ、

「何か思いついたのかい？」とサンドラが期待に満ちた目でソラノを見つめ、

「せっかくだからなんでも言ってみてくれ」とバッシが意見を促した。ソラノは言う。

「前にも思ったんですけど、りんご飴に似ているんです」

「りんご飴？」

「私がいた国の、お祭りの出店で売っている定番のお菓子です。小さな林檎が串《くし》に刺さっているから、持ち運びやすくて、手軽で、食べやすいんです。だからフリュイ・デギゼも木串に刺したらどうですか？　そうしたらお皿もフォークも要りませんし、最低限の備えで出店を迎えられますよ」

「あぁ」「なるほどねぇ」という声がカウマンとサンドラから聞こえる。

「あとは、木の串みたいなものがどこかに売っていればいいんですけど」

「それなら問屋に行けばあると思うぜ。棒付きの飴や氷菓子を売る露店でよく使われているからな」

そう答えたバッシが、巨大な両の掌《てのひら》を打ち合わせた。

「じゃ、明日問屋に買いに行って用意するか」

＊＊＊

花祭りの初日は、晴天の下で華々しく迎えられた。

グランドゥール王国の巨大な王都は城壁にぐるりと囲まれており、城壁の門から中心にある王城まで真《ま》っ直《す》ぐに延びる大通りが敷かれている。王城のそばには大通りを挟みこむように広大な二つの広場が存在していた。

名を、モンマルセル広場。

花祭りのメイン会場となる場所だ。祭りの名にふさわしく、等間隔に聳《そび》える木には白い花が咲き零《こぼ》れ、鉢植えにも様々な花が植わっている。そこかしこに出ている屋台は緑の屋根からポットを吊《つ》るしており、そこからも植物が顔を覗《のぞ》かせていた。

風が吹くたびに新緑の葉が、あるいは色とりどりの花びらがひらひらと人々の上を舞い飛んでいく。

道行く人を見てみると、屋台で売られている生花で作った花冠を女性は被《かぶ》り、男性は花飾りを胸に挿していた。集うのは庶民ばかりであるが、老若男女問わずいつもより少しお洒落《しゃれ》をして今日という日に臨んでいるようだった。

広場には多数の出店がひしめいていて、祭りを楽しむ人々が顔を覗かせて物色している。

中でも一際注目を集めている店があった。

店の前に置かれた銀色のトレーの上に、飴がけの艶《つや》やかな苺が串に刺さって置かれている。

店に並んだ人々は、硬貨と引き換えにフリュイ・デギゼを受け取り去っていく。飴を頬張る顔には笑顔が見えた。

「ソラノちゃん、追加のフリュイ・デギゼだ」

「ありがとうございます、バッシさん」

緑色の天幕が張られた奥では、カウマンとバッシがフリュイ・デギゼ作製に勤《いそ》しんでおり、ソラノとサンドラが店の前で売り子をする。

ロベールの機転により、モンマルセル広場にてフリュイ・デギゼを売る機会を得たビストロ　ヴェスティビュールの面々は、店を臨時休業にしてこの場所でフリュイ・デギゼを作り、売って売って売りまくっていた。

「やっほう、ソラノ。来ちゃったわ」

「アーニャ」

ソラノが店頭で客対応をしていると、私服に身を包んだアーニャが姿を現した。

「今日は仕事だって言ってなかったっけ？」

「これも仕事の一環よ！　『花祭りで店を出しているビストロ　ヴェスティビュールの様子を見て来い』って上司のガゼットさんに言われたの。何せヴェスティビュールはお祭りの目玉で、しかもエア・グランドゥールを代表する店として出店しているわけでしょう？　きちんと営業しているか、繁盛しているかの視察に来たってわけ。ヴェスティビュールは私の担当店舗でもあるからね」

「ふぅん、仕事ね……？」

ソラノは言いながらアーニャの両手に視線を移す。抱え込むようにして持っている袋には、花祭りで買ったであろうものが詰め込まれていた。ソラノの視線を受けたアーニャは慌てて言い訳を始める。

「これも視察の一環よっ！　商業部門で配るんだから。ちゃんとフリュイ・デギゼも買うから！」

「じゃあこれ、アーニャの分のフリュイ・デギゼね」

「ありがとう！　実は楽しみにしていたのよね」

アーニャはフリュイ・デギゼを嬉《うれ》しそうに受け取ると、早速口に運んでいた。

「んんっ、美味《おい》しい！　これが王女様も召し上がったデザートなのね、なんだか高貴な味がするわ」

苺を齧《かじ》りながらそんな感想を述べるアーニャに思わず笑う。視察だというアーニャはしばらく店の様子を見るつもりなのか、並ぶ人の邪魔にならないように脇によけて立ったままフリュイ・デギゼを齧っていた。

アーニャが見ている間にも、フリュイ・デギゼを買い求める人の数は増えてゆく一方だ。ソラノはどんどんと品物を売っていく。

「なんだか改装前にバゲットサンドを売っていた時を思い出すねぇ」

「まだあれから、そんなに時間が経《た》ってないですけどね」

「そうさねぇ、色々あったから昔のように感じるねぇ」

ソラノはフリュイ・デギゼを売り渡す合間にサンドラと会話を交わした。

わざわざ郊外の上空に浮かぶエア・グランドゥールまで行かずとも話題のデザートを食べられると知り、王都民や観光客は皆この出店に殺到している。

こちらとしてもしっかり準備がしてある上に、売り物が一つだけなのでやりやすい。

「バゲットサンドを売っていた時の経験が生きているさねぇ」

「そうですね。……はい、お待たせしました、次のお客様。あ、パトリスさん」

次の客に対応しようとしたところで、ソラノは知った顔であると気がついて声をかけた。

ビー玉のように大きな瞳《ひとみ》を細め、パトリスが挨拶《あいさつ》をする。

「やぁ、どうも。この前はうちの姫様がご迷惑をおかけしましたニャア」

「いいえ、色々と誤解が解けて何よりでした」

「姫様もとても感謝しておりました。近いうちにまた、ヴェスティビュールに行きたいとおっしゃっておりました」

「はい、是非どうぞ。今はお城で舞踏会の最中でしたっけ」

「ニャア。今朝も私が管理する魔法温室にやって来たんですが、幸せそうなご様子でした」

「それは何よりです」

ソラノは背後に聳える城を振り返った。

白亜の城は花と緑に覆われており、非常に美しい。今ここに国中の貴族が集ってフロランディーテとフィリスの婚約を祝っているのかぁとソラノは考えた。

ふとソラノは、先日の店でのルドルフとロベールのやりとりを思い出した。

（……確かデルイさんが舞踏会に出たくなくって逃げていたんだっけ）

結局デルイは舞踏会に出たのだろうか。ソラノに知りようはないが、少々気になる。

今度ヴェスティビュールに来たら聞いてみようかな、と考え、ソラノは城から目を離しパトリスに一本のフリュイ・デギゼを手渡した。

＊＊＊

上品な笑い声、煌《きら》びやかな衣装、頭上では魔法の灯《あか》りが灯《とも》ったシャンデリアが輝き、大広場を飾る生花は芳しい香りを振《ふ》り撒《ま》いている。

グランドゥール王国王都、その中心に位置する城の中では今、国中の貴族達が集っていた。

話題を集めているのは当然、婚約が発表されたフロランディーテ王女とフィリス王子だ。

両国の発展を祝して、あるいは幼い頃に出会い密《ひそ》かに心を寄せあっていた二人の婚約を祝って、皆が二人に言葉をかけに行く。

その様子をデルイはソファに身を沈め、なるべく気配を押し殺して見つめていた。

本日の勤務が終わり、ロベールに捕まる前にそそくさと帰ろうとしたデルイに向けて、刺客が放たれた。

デルイの実兄の、エヴァンテとリハエルだ。

デルイと異なり父譲りの屈強な体を持つ兄二人は、エア・グランドゥールの空港護衛部に現れるや否やデルイの捕縛にかかった。デルイにかろうじて残された理性が、職場内で私的な理由で剣を抜くことを躊躇《ためら》わせ、詰所中を逃げ回ったが、騎士として格上の兄二人が相手では分が悪い。

かくしてエヴァンテに後頭部を掴《つか》まれて床に叩《たた》きつけられ、リハエルに背中に回された両腕を拘束されたデルイは、そのままずるずると床を引き摺《ず》られるようにして詰所を後にした。

一連の様子を見ていたルドルフは手助けをしてくれなかったばかりか、一切の憐憫《れんびん》の情を見せずに、連れて行かれるデルイに手を振って見送った。

そのまま飛行船に乗せられたデルイは、宣言通りにロベールが用意していた王家の馬車に乗せられ、制服姿のまま登城。

城の一室に連れて行かれて正装に着替えさせられ、舞踏会会場に放り込まれたという訳だった。

来てしまったものは仕方がない。

先の一件もあるし、デルイはフロランディーテ王女とフィリス王子に婚約を祝う口上を述べると、さっさと目立たぬ場所へ腰を落ち着けた。

とはいえデルイは、どれだけ気配を殺そうとも、目立つ。

実に五年ぶりに社交界に顔を出したデルイに周囲は色めき立ち、声をかけたそうにする令嬢が遠巻きに自分を見つめているのを感じつつも、敢《あ》えて全て無視していた。一人関われば我も我もと次々に寄って来て、面倒になるのは目に見えている。

舞踏会場では、ルドルフがにこやかな笑みを浮かべながら、社交界の重鎮達と会話をしている。

モンテルニ侯爵家の次男としての責務をきっちりこなしているルドルフを見て、ご苦労なことだなと思いながら詰襟の首元に人差し指を突っ込み引っ張った。

と、そんなデルイに近寄って来る人物が一人。銀の髪を後ろに撫《な》で付《つ》け、深紫色の瞳を持つ王族、ロベール。デルイをこの場に来るよう強制した張本人は、立ちあがろうとするデルイを手で制した。

そして小さなテーブルを挟んだ向かいの一人がけソファに座ると、手に持ったワイングラスをデルイに差し出してきた。デルイは受け取りつつもロベールに言う。

「この度はどうも。ご丁寧に正装まで用意されているとは思いませんでした。これ、殿下が用意したんですか?」

「私がそこまで面倒を見るか。お前の母が城に送って寄越《よこ》したらしい」

「…………」

デルイの表情が一段と歪《ゆが》む。ロベールはワインを飲みつつ呆《あき》れた顔をした。

「デルロイ、顔が恐ろしいことになっているぞ。周囲の令嬢を見てみろ。『話しかけたくても話しかけられない』とありありと顔に書いてある」

「これが俺の素の表情ですけど」

「エア・グランドゥールにいる時はもっと愛想が良いだろう」

デルイはこれには何も答えず、ワインで唇を湿らせた。

「良い味だろう？　最高品質の赤ワインだ」

「……俺は、ヴェスティビュールで飲むワインの方が好きです」

デルイは率直な意見を口にする。ロベールは肩をすくめた。社交界を嫌っているデルイを無理やりこの場に引き摺り出した罪悪感が多少はあるのかもしれない。

しかし、ロベールの思惑もデルイにはわかっていた。

大方、社交界に多大なる影響を与えているデルイの母親と、母と懇意にしている王妃から何か言われたに違いない。要するにロベールとしては、一度は社交界にデルイを引き摺り出すことで彼女らの機嫌を取ったのだ。

こういう思惑が透けて見えると、社交界というのは本当に面倒な場だとデルイはつくづく嫌になる。

デルイの考えを知ってか知らずか、黙り込んだデルイを見つめていたロベールは、少し眉《まゆ》を顰《ひそ》める。

「こんな時でも耳の飾りを外さないのだな」

「これは俺の勲章なので」

正装に似合わない数のピアスが耳に嵌《は》まっている事は自覚している。それでもなお、デルイにはこれを外すという考えは無い。

「どんな意味があるのだ」

「聞きたいですか？」

ロベールが頷《うなず》いたのを見て、デルイはグラスをテーブルに置くと、さっと己の右耳を指差した。

「この一番奥側が、下の兄貴に最初に勝った時に開けたやつです。隣が上の兄貴に勝った時。左の方も同じですね。輪っかのピアスは兄貴に勝った時の記念。で、段々増えて行って、丸いのは親父に勝った時。この上の方で貫通しているのが、模擬戦で完膚なきまでに親父を叩きのめした時に記念に開けたやつです」

「…………つまり、家族に模擬戦で勝利した回数だけ開けているという事か」

「最初の内は模擬戦では勝てなかったので、入浴中の奇襲や夜襲なんかも含まれます」

「…………」

大真面目に答えるデルイに、ロベールはあからさまな呆れ顔をして見せた。既視感だ。ルドルフに最初に尋ねられて答えた時も同じような顔をされたのを思い出す。

理解できないとでも言いたげなロベールに、デルイは切々と訴える。

「知ってますか？　俺は三歳の頃から剣を握らされて、一〇も二〇も年上の兄と父に叩きのめされる毎日を送っていたんですよ。どうにかして勝ちたいと思うのは当然ですし、勝った時の喜びは並じゃありませんし」

デルイの真剣な訴えが心に響いたのかどうなのか、ロベールは呟《つぶや》く。

「……さすが、騎士の家系は鍛錬が厳しい。ところで」

ロベールは場の空気を変えるかのように、話題を変えてきた。

「ヴェスティビュールといえば、今日は広場で臨時出店をしている。私の方で出店許可を取ってな。何せ空港内であの騒ぎを起こされると、利用客に甚大な迷惑がかかる」

初耳だった。

ロベールはワイングラスを置いて右手を窓に伸ばすと、言葉を続けた。

「この場所からもよく見えるぞ。……先ほどまでは大行列だったが、今はかなり列が短くなっているな。フリュイ・デギゼの材料がなくなったのかもしれん」

デルイは首を左に向けると、ロベールの示した方角を眺めた。

広場では庶民向けに祭りが開催されている。花に埋もれた広場は出店が多数軒を連ねており、真ん中では楽隊の奏でる音楽に合わせて人々が自由に踊っていた。

ワインを飲みながらなんとなく広場の様子を眺めていたデルイであったが、ふと思い立った。

「殿下、俺、急用を思い出したのでもう帰らせていただきます」

「ほう」

ロベールはデルイの言わんとすることを理解したのか、グラスの中のワインを揺らしながら短く答えた。

「俺の私物、城で保管されてますよね」

「あるが……わざわざ着替えて行くのか？」

ロベールは片眉を吊《つ》り上《あ》げ、問いかける。

「せっかくの祭りだ。そのままで行けばいいだろう」

「こんなゴテゴテした服装で行けば、目立って仕方ないでしょう。それに、俺が正装するなら、あの子にもドレスを着て欲しい」

「ふっ」

ロベールが肩を震わせ、笑う。それからデルイに向かって手を振った。

「お前も中々面倒な男だな。早々に行くがいい。……無理に来させて、悪かったな」

「とんでもない。フロランディーテ王女殿下とフィリス王子殿下に幸あらんことを」

デルイはロベールに一礼をして、舞踏会場をそっと抜け出した。


「売り切れでーす」

夕刻に差し掛かった頃、ソラノはそう口にした。

持って来た材料は全て使い切ってしまい、もうフリュイ・デギゼは作れない。

なのでもう店じまいである。

「お疲れ様、ソラノちゃん」

「いえいえ。バッシさんもお疲れ様です」

「年って嫌だねぇ。腕が痛いったらありゃしないわ」

「いつになく張り切ってたもんなあ」

腕をぐるぐる回すサンドラにカウマンが片付けをしながら声をかけた。

木串《きぐし》に刺さったいちご飴《あめ》は屋台で売るのにうってつけで、凄《すさ》まじい行列が出来上がってもカウマンとバッシが鬼のように量産し、ソラノとサンドラが素早く売り捌《さば》いた。

何せ王女様とその婚約者が食べたデザートということで、大いに話題を呼んだ料理である。

「簡単に屋台でも作れるようなものでよかったなぁ」

片付けをしながらバッシが言い、カウマンも賛同した。

「凝ったものだと、こんなふうに売れないからな」

「やれやれ、じゃ、この後は皆で広場をひやかしに行こうじゃないか」

「いいな」

「俺は『女王のレストラン』に顔を出す予定だからパスだ」

サンドラの提案にカウマンが乗り、バッシは断る。

ソラノは予定もないしカウマン夫妻と祭りを見て回ろうかなと思ったが、屋台に人影が落ちたのに気がついて顔を上げた。

「すみません、もうフリュイ・デギゼは売り切れでして……」

「あぁ、フリュイ・デギゼを買いに来たわけじゃないんだ」

声と同時に顔を見て、誰が来たのかすぐにわかった。

「デルイさん」

「うん。姿が見えたから来ちゃった」

「何で制服姿なんですか？」

ここはエア・グランドゥールから離れた王都の中心街広場。

空港の制服姿はかなり場違いなので、ソラノは首を傾《かし》げて問いかけた。

「ちょっと急いで来たからね。他に服が無かったんだ。それより」

デルイは店の様子を見ながら言葉を続けた。

「もう仕事は終わり？」

「はい、先ほど売り切れまして」

「じゃあ、この後空いてる？」

「そうですね……」

ソラノが後ろを振り向くと、カウマン夫妻ががっしりと二人で肩を組み、こちらを見て微笑《ほほえ》んでいた。

「悪いねえソラノちゃん。あたしらこれから久しぶりに二人でデートだからねえ」

「デルイの兄さん、ソラノちゃんをよろしく頼むぜ」

「…………だそうです」

突然、約束を反故《ほご》にされたソラノは苦笑混じりでデルイに言うと、彼は破顔した。

「それなら俺とデートできるね」

「デートですかぁ」

「そんな風に微妙な返事をされるのは、初めてだよ」

デルイは己のモテ具合を隠そうともしない口振りである。しかし、実際モテるのだろう。

「なら、花祭りの案内って言い方ならどうかな」

「それなら、是非お願いします」

「ん、片付け手伝うから、終わったら行こう」

皆で店の片付けをして、解散する。夕暮れ時になると祭りに来ていた子連れ客はだんだんいなくなり、アルコールを扱う出店が増えつつあった。ソラノは気になっていたいくつかのことを尋ねる。

「シモンさん、どうなりました？」

「カーバンクルと一緒にヴィルールに送還された後、ヴィルールの騎士団支部に勾留《こうりゅう》中。希少生物の盗難は看過できないけど、精神魔法がかけられていたから、そんなに重い罪にはならないと思う。カーバンクルは研究施設で厳重保護」

「そっか……」

ソラノは少しホッとした。あの可愛《かわい》らしい見た目のカーバンクルから放たれる魔法の強力さに、ソラノは驚いていた。店に来たシモンはぼんやりした様子だと思っていたが、精神魔法がかけられていたのか。何せエア・グランドゥールを守る分厚いガラスを破るほどの魔法。人一人を操るなど、容易《たやす》いのだろう。

「まさか飛び降りると思わなくてびっくりしました。デルイさんも迷わず後を追いかけましたよね」

「まあ、エア・グランドゥールから飛び降りる犯人は初めてじゃなかったから」

隣を歩くデルイは、なんてことのないように言った。

「初めてじゃないいんだぁ……」

「エア・グランドゥールの護衛騎士やってると、色々事件が起こるんだよ」

だからと言って、上空一万メートルの高みからそうホイホイ飛び降りるものなのだろうか。

「どんな事件だったか、聞きたい？」

ソラノの疑問を察してかデルイが尋ねてきたが、少し迷ってからソラノは首を横に振った。

「心臓に悪そうなので、やめておきます。ところでデルイさん、舞踏会は参加したんでしょうか」

「行ったよ。仕事終わりにエア・グランドゥールから強制連行。やー息が詰まって仕方なかった。正装が苦しいのなんのって。制服は楽でいいよ」

「それで制服なんですか」

「ソラノちゃんもいつものワンピースだから一緒だね」

「デルイさんだけ正装してたら、さぞかし私が変に見えたでしょうね」

「二人とも祭りらしからぬ格好だけど、まあいいんじゃないかな」

周囲の人々は小洒落《こじゃれ》た服なので、今のソラノとデルイは二人して浮いている。しかし一人で浮いているのと二人で浮いているのとでは訳が違う。なんとなく「二人とも変ならいいかな！」という気持ちになる。デルイは店の一つを指し示した。

「ソラノちゃん、知ってる？　花祭りに来る男女は花冠と花飾りをお互い選び合うんだ。というわけで、俺の選んで」

言うが早いかデルイはさっさと花冠を売る店へと近づいて行ったので、ソラノも後をついていく。

「わぁ、たくさんありますね」

大小様々な花で編まれた花冠と花飾りは見ているだけで心が弾む。ミモザやガーベラ、チューリップといったよく日本でも見かけるものの他、ソラノが知らない花も沢山ある。

デルイは花冠を吟味してから、小さな青い花がたくさんついたものを手に取った。

「ネモフィラの花冠はどうかな。花言葉は『どこでも成功』。ポジティブなソラノちゃんにピッタリ」

「可愛いですね」

豪華な薔薇《ばら》や大ぶりな百合《ゆり》の花よりも親しみがある花のせいか、ソラノとしても好ましい。受け取って頭に載せてみる。

「どうですか?」

「似合ってるよ。可愛い」

「じゃあこれにしようかな。デルイさんは……どっちかっていうと、控えめな花より華やかなものの方が似合いそうですよね。いつも目立ってますし」

「俺としては、目立たないように生きたいんだけどね」

容姿が際立っているので難しいんじゃないだろうかとソラノは思ったが、本人的には心底平穏を望んでいそうなので口にしないことにする。代わりにこんな感想を口にしてみた。

「顔が良すぎるっていうのも、大変なんですねぇ」

「そうだね。ソラノちゃんはそんな俺の見た目に心を動かされたこと無いよね」

「人は心だと、私は思いますから!」

「皆がそう思ってくれれば楽なんだけど」

雑談しつつも花を選んでいたソラノは、一つの花飾りに目を留めた。

「これどうでしょうか？　デルイさんの髪の色に似てます」

ピンク色のラナンキュラスを中心に据えた花飾りは、華やかな雰囲気のデルイにピッタリだ。デルイは受け取ってクルクル回しながら花を確認する。

「いいね。おーい、この二つください」

デルイは花冠と花飾りの支払いを済ませ、左胸にピンで飾りを留める。満足そうに眺めてから、再び歩き出す。

「次に行こう。ソラノちゃん、ずっと立ち仕事だったでしょ？　お腹空《なかす》いてない？　何か買って休憩しようか」

「お昼はサンドラさんと交代しながら食べたんで、甘いものが食べたいですねぇ。フリュイ・デギゼをずっと売っていたんですけど、私は一口も食べてないので……」

出店では何でも売っているので、何がいいかなぁとソラノは物色した。売り物も様々で売っている種族も様々だ。獣人もいれば人間もいるし、小人もエルフ族もいる。そんな中、この世界では珍しい黒髪がソラノの視界にちらついた。あれっと思ってよくよく見てみると、顔立ちが日本人風だ。

「デルイさん、私あのお店に行きたいです！」

俄然《がぜん》興味が湧いて近づくと、白いシャツの上から黒いエプロンを掛けた日本人風の男性と、隣には亜麻色の髪から猫耳を生やした女性がいた。ソラノとデルイに気がついた男性が接客用の笑みを浮かべ、続けてソラノを意外そうな表情で見つめる。

「いらっしゃいませ。あれ、もしかして同郷の人かな。俺は松浦凧《まつうらかいと》って名前なんだけど」

「木下空乃《きのしたそらの》です」

「やっぱり。いつこっちに来た？」

「かれこれ三ヶ月ほど前ですね。松浦さんは？」

「俺はもう二、三年前。カイトでいいよ、皆そう呼んでる」

「では、私もソラノと呼んでください。長いんですねぇ」

「もっと長い人もいるからね。それで、ご注文はあるかな？」

言われてソラノは店の前に記されているメニューを見つめた。どうやらカフェらしく、コーヒーやカフェラテ、ケーキといったラインナップが記されている。

何にしようかなと眺めていると、デルイの長い指が伸びてメニューの一つを指した。

「俺、コーヒー。ソラノちゃんは？」

「じゃあ、苺《いちご》のミルクレープ」

「オッケー。店員さん、コーヒーと苺のミルクレープね」

カイトがコーヒーを用意して、猫耳の生えた女性がケーキを用意する。

「はい、どうぞ。そうだ、来たばかりで何かと不自由もあるだろうし、もし困ったことがあったら俺の店へおいで。力になれそうなことがあれば、手伝うから。ここに店の場所と名前が書いてある」

「ありがとうございます」

ソラノはカイトから店の情報が書かれた紙を受け取った。

デルイはまたも代金を支払うと、トレーを受け取り、どこか座れる場所はないかと広場を見回してから空いているテーブル席を見つけると場所を確保する。

あまりにスマートな振る舞いに、ソラノはついて行くだけになってしまった。ストンと向かいの席に腰を下ろすとケーキを「どうぞ」と差し出される。

「あの、お金払います」

ソラノの申し出にデルイはコーヒーを飲みながら首を傾げた。

「何の？」

「花冠とケーキの」

「ソラノちゃんに支払わせる気はないよ」

「えぇ……それじゃ悪いです」

「祭りに付き合ってもらってるし、大した金額でもないし、いいよ」

なんだかもう、絶対に受け取ってもらえなそうである。ソラノは逡巡《しゅんじゅん》してから礼を言うに止《とど》めた。

それからケーキに向き合う。

薄い生地とほんのり桃色のクリームとが交互に重なったミルクレープは、上に苺が載っている。切り分けて食べてみると、このクリームにも苺が使われていることに気がついた。もったりした生クリーム特有の甘味に混じり、爽《さわ》やかな苺の酸っぱさが感じられる。

「ん、美味しい」

本日散々売りさばいた苺であるが、こうして違う調理法になると全く異なる味わいだった。

朝からずっと働き詰めだった体に、甘いデザートが染み渡る。

じぃんと美味しさを噛《か》み締《し》めていると、向かいのデルイがソラノを見ているのに気がついた。蜂《はち》蜜《みつ》色の切れ長の瞳《ひとみ》がソラノに固定されている。こうも真正面から食べている姿を見つめられると、何となく気恥ずかしい。

「な、何でしょうか」

「いや、美味しそうに食べているなと思って。ソラノちゃんは素直でわかりやすくていいよね」

「それ褒めてます⁉　けなしてますか⁉」

「褒めてる褒めてる」

「本当に⁉」

このソラノの質問に、デルイは答えずに笑った。店で見せるようなリラックスした笑顔だった。

ソラノは真意を引き出すのを諦《あきら》め、もう一口ケーキを食べようかなとフォークをミルクレープに刺そうとした。瞬間、風がふわりと吹き抜けた。

花冠が飛ばされそうになり、両手で押さえる。夕暮れに染まる空には種々の花びらが舞い、葉が踊っていた。

幻想的な風景に思わずソラノは空を見上げる。

ごく平和な、春の一日だった。

暖かい風が広場に溢《あふ》れる花と緑を揺らす。大勢の人で賑《にぎ》わい、春の訪れを祝う人の声は、いつまでも途切れることはなかった。

## 【七品目】豚肩ロースのブランケット ―従業員募集―

事件は突然起こった。

花祭りも終わり、エア・グランドゥールが落ち着きを取り戻した昼下がりの店内。ソラノが店の仕事に勤《いそ》しんでいると店裏の扉が開いた。

「こんちは、シャムロック商会だ。小麦の袋、ここに置いておくな」

「はい、いつもありがとうございます」

「お安い御用だぜ！」

小麦の大袋をどさりと置いて、代わりに空いた小麦袋を持って帰る親父《おやじ》さん。顎鬚《あごひげ》をたっぷりと蓄え、たくましい上腕二頭筋を持つ親父さんは品物を届ける配送業を生業《なりわい》とする人間である。

重力魔法で重さを調整しているとはいえ、配送業は体力勝負だ。筋肉のついたたくましい上腕筋で小麦の袋を届けてくれる親父さんはとても明るい人だった。親父さんは髭がもじゃもじゃしている口をにっと吊《つ》り上《あ》げると、ソラノに話しかけてくる。

「やぁ、店の評判は聞いているぜ。王女様と婚約者様の来訪に、花祭りに臨時出店！　今度はうちで卸している品物を使って、あっと驚くような料理を作ってみせてくれよ」

「考えてみます」

「期待しているぜ！　じゃあ、またな！」

親父さんは手を振り、来た時と同じように裏の扉から去って行く。見送ったソラノは小麦の袋を持ち上げようと手を伸ばしたが、サンドラが後ろから声をかけてきた。

「ソラノちゃん、重いからあたしが運ぶさね」

「一緒に持ちますよ？」

「いやいや、ソラノちゃんはまだ重力魔法、使えないだろう？　あたしに任せておけば、軽いものさね。よし、よっこいせっと……⁉　……ああっ⁉⁉」

サンドラが勢いをつけて小麦の袋を持ち上げた瞬間、奇声を発し小麦の袋が手から滑り落ちた。

そこからの光景はなぜか非常にゆっくりと展開された。

立ったままのサンドラがバランスを失い、後ろにひっくり返る。

それを支えるべくカウマンが作業を放り投げて駆け出し、両手でサンドラの巨体を受け止める。

カウマンが放り出した包丁が宙を舞い、バッシが器用にキャッチする。

そしてソラノは、なすすべもなく目の前で起こった非常事態を見つめていた。

「いっっったあぁぁあー‼」

昼下がりの客がいる店内に、サンドラの絶叫が木霊した。


「ギックリ腰ですね」

カウマンとソラノの二人で店でぶっ倒れたサンドラを空港の救護室へとかつぎこむと、症状を見た回復師は冷静にそう言った。

「ギックリ腰ですか」

「ええ。患部を冷やしてしばらく安静にしていれば治ります」

「え、魔法でパパッと治せないんですか？」

あまりにも現代日本と酷似したギックリ腰の対処法にソラノが思わずそう問うと、回復師の女性は眼鏡の奥から非常に渋い目線をよこして来た。何となくデルイを見るルドルフの視線と似ており、視線の鋭さにひやっとする。

「何でも魔法で治るわけじゃないから……この場合、筋肉の炎症だから痛み止めでポーションを渡しておくので、それを飲んで大人しくしているのが一番早く治ります。お金をかければ上質なポーションでもう少し早く治せますけど。無理して動くとすぐにぶり返しますよ」

「そうなんですか……」

傷の類を治すのとはまた別なのだろうか。ベッドで寝込むサンドラを見やると「寝てるから大丈夫さ」とあっけらかんと言っているが、額には冷や汗をダラダラとかいている。痛いのだろう、可《か》哀想《わいそう》に……。

「あたしゃここで休んでいるから。二人とも店に戻りな。バッシ一人じゃ、大変さね」

「閉店後に迎えに来るからな」

「サンドラさん、お大事にしてください」

痛がるサンドラを励まし、カウマンとソラノは店へと戻る。

「一時ほどの忙しさはなくなりましたけど、サンドラさんいないと給仕の人手が足りなくなっちゃいますね」

「そうだな。店の前に従業員募集の張り紙でも貼っとくか」

「このエア・グランドゥールを利用するお客様の中で、うちで働きたいと思う人っているんでしょうか……」

ソラノはカウマンの提案に微妙な顔をした。

エア・グランドゥール利用客は高位の冒険者もしくは富裕層。ヴェスティビュールの給仕をやりたがる人物がいるとは思えない。

「まあ、とりあえず貼っておいて誰か来れば儲《もう》けものだと思おう。ダメならダメで商業部門に相談するか、商業ギルドで人員斡旋《あっせん》してもらえばいい」

「そうですね」

店に戻るとバッシが一人目まぐるしく働いており、「張り紙!? おう、好きにしてくれや!」と言ったので、接客の合間を縫って従業員募集のチラシを作成し、それを店の出入り口の前へと貼った。

＊＊＊

Bランク冒険者の青年は、広大なエア・グランドゥールの片隅で途方に暮れていた。

命からがら西方諸国から帰ってきたはいいものの、残金が銅貨一枚しかない。これでは、エア・グランドゥールから王都行きの飛行船に乗ることができない。

「どうすっかな……」

掌《てのひら》に載せた全財産である銅貨一枚を見つめつつ、とりあえず第一ターミナルへ向かって歩く。

腹も減った。金欠により飛行船の中でほぼ何も食べていないため、空腹が極限状態だった。とにかく何か腹に詰めたい。

途中で通りがかった冒険者エリアでは、出立前の冒険者や帰国した冒険者がわいわいと賑やかに大皿料理を囲み、エールを手に食事を楽しんでいる。

羨《うらや》ましい。

空腹の青年には、エリア一体に漂っている美味《おい》しそうな食べ物の匂いがたまらなく魅力的だった。

「あーあー、俺も美味《うま》いモンが食いてぇ」

青年は銅貨を親指で弾《はじ》いて右手でキャッチする。冒険者ギルドに行けば顔馴染《かおなじ》みの冒険者の一人や二人いるだろうから、一食くらいならば奢《おご》ってくれるはずだ。いっそエア・グランドゥールから飛び降りて地上まで行くかな、などやけくそのようなことを青年が考えていると、一軒のビストロ店が目に入った。

「あれ……こんな店あったっけか」

第一ターミナルに店なんてねぇと思っていたけど。空腹でふらつく青年は、いい匂いにつられて思わず店に近づいていった。

店内には給仕係の女と、温厚そうな牛人族のシェフしかいない。

しめたと思い、店の中に迷わず入って行った。

「いらっしゃいませ」

「おう」

閉店間際にふらっと入って来たのは、日に焼けてぱさついた金髪を大雑把に後ろで尻尾《しっぽ》のようにくくった青年だ。高身長の彼は、鋭い目つきで威圧するように上からソラノを見下ろして来た。この青年、デルイより背が高いのではないだろうか。一九〇センチはありそうだ。年季の入ったシルバーメイルを服の上から部分的に身につけて腰には長剣を一本下げ、最低限の荷物が入ったバッグを片手に提げていた。どこからどう見ても正しく冒険者の出《い》で立ちだ。

青年は、入ってくるなり勝手に出入り口近くの席にどっかりと腰を下ろしこう言った。

「すぐに出せる肉料理、あるか？」

「豚肩ロースのブランケットならすぐにお出しできます」

「じゃ、それと赤ワイン！　ボトルで！」

「はい」

横柄な態度に何も言うことなくソラノは笑顔で注文を承る。素早くカウンターに入るとオーダーをバッシに通してワインを用意した。今、店には青年の他にバッシとソラノの二人しかいない。

カウマンは店が空《す》いた隙にギックリ腰のサンドラを早く迎えに行くため帰っていた。

ソラノは出来上がった料理を持っていく。

「お待たせしました、豚肩ロースのブランケットです」

初めて「豚肩ロースのブランケット」なる料理の名前を聞いた時は、「ブランケットって毛布のことですか？」と尋ねたものだが、当然毛布ではない。料理用語で「肉を小麦粉や生クリームで白く仕上げる」という意味であり、見た目はクリームシチューに似ていた。味はシチューよりはあっさりしているというのが食べたソラノの感想である。

青年はブランケットを一口含んだ。途端に大きく見開かれるきつい吊り目の瞳《ひとみ》。残った料理をスプーンですくって豪快に口に放り込む。ほとんど咀嚼《そしゃく》しないで飲み込むと、三口目を口に入れた。

あっという間に皿が空になった。料理を味わう暇もないほどの食べ方にソラノが唖然《あぜん》として見ていると、青年は皿をずいっと鼻先に突きつけて来る。

「おふぁわり」

「はい？」

もぐもぐと口を動かしながら何かを訴えてくる青年。思わず聞き返すと、ごっくんと塊の豚肩肉を飲み込んでから青年が言った。

「だから、おかわり」

「あ、おかわりですね。かしこまりました」

「五人……いや、一〇人前で頼む！」

「一〇人前ですか？」

「ああ！」

この店においてそんな頼み方をする客はまずいない。バゲットサンドならいざ知らず、一皿の単価が結構する上に、ここは料理とお酒と会話を気軽にかつ上品に楽しむ店だから、そんな何人前も同じメニューを頼むような店ではないのだ。そういう食べ方をしたいのであれば、冒険者用の酒場に行った方がよほど安上がりで済む。大皿料理にエールをジョッキで頼んだ方が、お腹《なか》が満たされ財布は痛まないだろう。

けれどもこの青年は、ヴェスティビュールに入ってきた。そして料理を一一人前頼んだ。ならばそれに応えるのが店の務めだ。

「少々お待ちください」

ソラノはカウンター内に入り、バッシに確認した。

「バッシさん、豚肩ロースのブランケット後追加で一〇人前ありますか？」

「んん？　ちょっと待ってな」

そう言ってバッシは寸胴鍋《ずんどうなべ》の中身を確かめた。

「大丈夫だ」

ソラノはワインをガブ飲みする青年に向かって声をかけた。

「一〇人前、お出しできます！　用意するのでお待ちください」

そこからは青年による大食い選手権が始まった。運んだ先から二口か三口で喰《く》らい尽くしていく青年。負けじと用意するバッシ。一度にふた皿を両手に持ち、皿が空いたら素早く新たに料理を提供するソラノ。まるでわんこそばのようになくなっていく様子に、ソラノは目を見張るばかりだ。

合間にワインをこれでもかと飲むから、ワインも三本目に突入している。そんなにお腹空いてたのかなぁとソラノは思った。

合計一一人前を食べ尽くした青年は、ボトルに残ったワインを飲み干す。非常に満足そうだった。

「うまかった」

「それはよかったです」

もう閉店時刻は過ぎている。他に客の姿はない。そろそろお会計を、とソラノが言いだす前に青年は席を立った。

「じゃ、ごちそうさま！」

「えっ⁉」

言うが早いが青年は脱兎《だつと》のごとく走りだす。一拍遅れたソラノだったがすぐに我に返った。慌てて扉から顔を出して見てみると、青年はすでに店を出てターミナルを疾走している。これはもしや。もしかしなくても。

ソラノは久々の怒りに燃えた。笑みを絶やさない、接客上手なビストロ店の給仕係の顔はそこにはない。ギュギュッと足に力を込め、風の魔法を発動して纏《まと》う。デルイに教わった当初は下手くそだった魔法だが、コツコツ練習を重ねた結果、今では使いこなせるようになっていた。床を蹴《け》って店を飛び出す。バッ、とスカートの裾《すそ》が翻るのも構わずに全力疾走で追いかける。

「待てーっ！　食い逃げっ‼」

ターミナル中に響き渡る怒鳴り声を出しながら、食い逃げ犯を捕まえるべくダッシュする。後ろでバッシが店の扉から顔を覗《のぞ》かせ、「おうソラノ、絶対とっ捕まえろ！」と言っているのが聞こえた。

「うおっ……速《はえ》えな⁉」

たらふく料理を平らげた食い逃げ犯は逃げながら振り向き、追いすがるソラノの姿にギョッとしながらさらに速度を上げていく。さすが冒険者だけあって凄《すさ》まじい速度だが、散々鍛え上げたソラノの脚力からすれば追いつけないこともない。だだだっ、と第一ターミナルを一気に駆け抜ける。

利用客が何事かという顔を向けてくるがそんなものに構っている暇はない。逃げ切られる前に追いつかなければ。

彼我の距離は着実に縮まっていた。

相手の速度も増していたが、負けじとソラノはラストスパートをかける。右手を伸ばし、そしてその手が食い逃げ犯の服の裾を捉《とら》えた。ギュっと掴《つか》んで引き寄せる。相手の動きががくんと落ちた。

「捕まえたっ！」

「おま……放せよ！」

「放しませんよ、食べた代金払ってください！」

捕まえたのは、第一ターミナルから中央エリアへと差し掛かる廊下だった。なおも逃げようとする犯人に、逃すまいとするソラノ。押し問答を繰り広げていると犯人の様子が突如変わった。顔色を青くし、口元に手を当ててうずくまる。

「食ってすぐに走ったから、気持ち悪……オエッ」

「ちょ、ここで吐くなー！」

夜の空港にソラノの絶叫が木霊した。

結局往来のど真ん中で吐こうとした食い逃げ犯の青年は、ソラノに確保されて店まで連れ戻された。

「ソラノちゃんはよく事件に巻き込まれるね」

「ソラノさんもお前にだけは言われたくないだろうと思う」

デルイの言葉にルドルフが突っ込みを入れた。

二人は騒ぎを聞いて現場に駆けつけてくれていた。再び食い逃げ犯が逃げ出さないよう、また万が一にも暴れたら取り押さえられるように監視を買って出てくれたのだ。

さすがに剣を抜いて襲われたらソラノとバッシではひとたまりもないので、二人がいてくれるのは非常にありがたかった。

青年がせっかく食べたものを吐き戻すまいと両手で口を押さえ、カウンター席でうずくまること数十分。ようやく落ち着いたらしく、今は提供した水の入ったコップを真っ白な顔で握りしめながらソラノとバッシを見つめている。

「すまねえ」

「すまねえじゃないですよ。何考えてんですか、もう！　食べた分の代金はきっちりいただきますから」

ソラノは隣の席に座ってプリプリと怒って言った。このロクデナシのせいで本日は残業確定だ。自分達の夜食もまだだし、さっさと支払いを済ませてもらって閉店作業に取り掛かりたい。

青年は投げやりに言った。

「俺、金持ってねえ。有り金全部を飛行船代に使っちまったんだよ。これが今の俺の全財産」

言って青年はカウンターの上に銅貨を一枚叩《たた》きつけた。ソラノは半信半疑で尋ねた。

「……本当にこれだけ？」

「本当にこれだけ」

青年の答えにバッシが苦い顔をする。

「これじゃ、王都まで降りられねえぞ。どうするつもりだったんだ」

「何も考えてなかった。最悪密航か、飛び降りるかするつもりだった」

「なんでそこまでして飛行船に乗ってきたんですか？」

ソラノは訝《いぶか》しんだ。見た所冒険者のようだし、全財産はたいてまで飛行船に乗り込み王都までやってくる意味がよくわからない。

「よくぞ聞いてくれた」

青年は上体を起こすと、身の上に起こったことを語り出した。

＊＊＊

青年の名前はレオ。一八歳のBランク冒険者だ。

一一歳で冒険者になった彼は剣士としての頭角を現し、めきめきと実力をつけてあっという間にBランクまで登りつめた。その間かかった期間は約一年。一二歳でBランクとなった彼は期待のホープとして王都のギルドでも一目置かれるようになった。

そしてレオは段々とこの王都でこなす依頼に物足りなさを感じるようになってくる。

「俺の実力はこんなもんじゃねえ」

王都近辺のBランクの依頼はたかが知れている。暴走牛や毒蛾《どくが》の討伐だとか森の深くに自生する植物の採取など、慣れてしまえば刺激と面白味に欠ける依頼ばかりだ。

その一方でAランクの依頼は危険なものが多く、Bランクになったばかりでまだ幼いレオには受注許可が下りなかった。そもそも王都周辺のAランクの依頼は数も少なく、ベテランに押さえられてしまうという問題もあった。そこでレオが思いついたのは飛行船に乗って西方諸国に向かうという方法だった。

「おし、西方諸国に向かおう」

「レオ、本当に西方諸国に向かう気なの？」

「当たり前だろ、止めんなよ」

「西方諸国は魔物の巣窟《そうくつ》だ。治安も良くないようだし、まだひよっこのお前が行ったところでどうにもならんだろ」

「あんだと？」

共にパーティを組んでいた仲間に止められるも、レオは聞く耳を持たなかった。

「見てろよ、Aランクどころかsランクになって帰ってくっからよー！」

全財産をつぎ込んで高い飛行船に乗り込んだのが一三歳の時。

以降レオは西方諸国で冒険者として活動をすることとなる。

最初のうちはまあ順調だった。この地では万年人手が足りておらず、レオのような少年でも実力があればパーティに引き入れてくれる人間が多い。魔物もグランドゥール王国と違って凶悪な奴《やつ》がうようよいるので討伐依頼には事欠かなかった。

レオは嬉々《きき》として魔物討伐に明け暮れる毎日を送った。

「へへへー！　これならAランカーになるのも簡単だな！」

一四歳の時だった。

調子に乗ったレオはある日、Aランクの中でも手強《てごわ》いキマイラの討伐依頼に行くことにした。未《いま》だBランクのレオであったが今ならイケんじゃね？　という根拠のない自信の下に参加を表明したのである。この地では、年齢を考慮して依頼受注を断るなどという親切な制度はない。何かあったとしても自分の責任だ。

そして迎えたキマイラ討伐。ライオンの頭にヤギの胴体、蛇の尻尾《しっぽ》を持ち翼まで備えた魔物であるキマイラは、事前情報では五体ほどという話だったが実際はそれ以上、少なくとも二〇体はいた。火山火口付近の灼熱《しゃくねつ》の地での決戦でレオはキマイラの吐くブレスを避《よ》け損ね、続けざまにやってきた鋭い鉤爪《かぎづめ》が足に食い込み深手を負う。戦線を離脱したレオは這々《ほうほう》の体で逃げ延び、最寄りの街までなんとかたどり着いた。生きているのが不思議なくらいの傷だった。

キマイラから受けた傷が熱を持ち、三日三晩高熱にうなされた。ひどく悪い夢ばかりを見て、生死の狭間《はざま》を彷徨《さまよ》った。目を開けた時、自分がどこにいるのかわからなかった。

「ここは……」

「気づいたか。火山近くの街じゃよ」

「そうか、俺はキマイラにやられて……イテッ」

起き上がろうとすると全身に痛みが走った。特に左足がひどく痛む。

「起き上がらん方がいい。お前さんひどい怪我《けが》をしておる。治るまでここでゆっくりしておられよ」

白い顎髭《あごひげ》を蓄えた爺《じい》さん回復師がレオのベッドの傍らでそう言う。レオはベッドにボスンと身を横たえた。布団は古くカビ臭かったが一応は清潔だ。見上げる天井はひび割れている。この国ではまともな建物の方が希少だった。

「ああ、すまねえな」

「何か食うか？　黒麦粥《がゆ》ならすぐに出せるが」

「何から何までありがてぇ」

「何、怪我人を癒すのが回復師の仕事。何も気にすることはない」

「爺さん……」

澄んだ青い瞳《ひとみ》でそう言う爺さんにレオは感激した。この国は万年魔物の脅威に怯《おび》えていてスレた心の持ち主が多い。怪我人など打ち捨てられて死んでいくのが普通だった。こんなに親切にしてもらったのは久しぶりだった。この恩に報いなければ。そう思った時、爺さんがこういった。

「全快したら治療代金貨三〇枚きっちり支払ってもらうからの」

半月形に目を歪《ゆが》めてウヒョヒョと笑う爺さん。物価の安いこの地で、金貨三〇枚といえば独り身であれば二年は余裕で暮らせる金額だ。命の恩人とはいえ、法外な請求をしてくる爺さんは全然親切じゃなかった。金にがめついクソジジイだ。

しかし腕は良かったらしいジジイの治療の甲斐《かい》あって、レオの怪我は概《おおむ》ね治った。

「左足だけは負荷をかければまた痛むじゃろうな。キマイラの直撃を受けてこんなもんで済んだだけ奇跡じゃ。まあ金貨三〇枚稼ぐくらいなら大丈夫じゃろう」

フォッフォッフォと笑いながらジジイはレオに向かって魔法を放つ。レオの両手首に妙な紋様が浮き上がった。

「おいクソジジイ！　これは何だ⁉」

「こりゃ『契約の魔法』じゃ。お前さんが金貨三〇枚稼ぐまで消えないようになっておる。万が一国外へ逃げた場合には爆発するから気をつけられよ」

「なんつー魔法をかけやがるんだ！」

「怪我を治してやったんだ、つべこべ言わずにさっさと金を稼いで来い！」

「アガッ！」

蹴り飛ばされて診療所から追い出され、仕方なしに冒険者ギルドへと足を向ける。そこからは地獄のような日々だった。小汚いボロ宿に泊まって少しでも金を浮かせて金貨三〇枚稼ぐために依頼を受けまくる。言われた通り、日常生活や簡単な討伐依頼ならば問題なくとも、無理をすると左足がズキリと痛む。踏ん張りがきかないながらも、油断をすれば死んでしまうから、ごまかしながら黙々と依頼をこなした。

ここから生活費を差し引いて金貨三〇枚稼ぐまでにかかったのは、約一年半。約束の金額が溜《た》まった時には一六歳になっていた。

「随分時間がかかりおったな。お前さん冒険者の才能ないんじゃないか？」

金をきっちり支払い終え、魔法を解いてもらった時にそんなことを言われた。

「ウッセェな、足の傷が邪魔して上手《うま》く走れねえんだよ」

「そんならお前の実力はそれまでじゃったということじゃ」

「実力ならあるよ！　怪我さえしなけりゃ俺は今頃Aランカーだ。あんなにキマイラがいると思わなかった、運が悪かったんだ」

「運も実力のうちと言うじゃろう」

ぐうの音も出なかった。そうだ、俺は運がない。いや、勇み足でキマイラ討伐に向かったのは自分だ。だからこれは自分自身が招いた結果だ。

「俺は諦《あきら》めないからな！　ぜってえAランクになってやる！」

「フォッフォッフォ。無理だろうて。お前さんのような奴はこの諸国にはごまんとおる」

火山付近の街を飛び出し、他に拠点を移して頑張ったが、結果を言えば無理だった。

高ランクの依頼を受けるには足の怪我が邪魔をする。負荷をかければかけるほどに痛みが増し、普通にしていても痛むようになった。コツコツ稼ぐ分には問題ないが、それでは一体なんのために遥々《はるばる》西方諸国まで来たと言うのだろうか。

さらに二年経《た》つ頃には、魔物に蹂躙《じゅうりん》され土地も人の心も荒れ果てたこの国に嫌気がさすようになった。盗みや殺人が日常的に横行し、スラム街には人が溢《あふ》れている。病気の人間や怪我をした冒険者があちこちに溢れ、食うものを奪い合うような場所すらあった。奴隷同然の人間までいる始末。

回復師の爺さんを散々恨んだが、助けてもらっただけでも奇跡みたいなものなんだと気がついた。話には聞いていたが、実際に見てみるとその凄惨《せいさん》さはまだ年若いレオの心を抉《えぐ》った。

一八歳になったレオは自身の夢が大成しないことを悟っていた。

「もうグランドゥール王国へ帰ろう……」

夢が潰《つい》えたレオがこの国ですることなどもう無い。有り金全てをはたいてレオはグランドゥール王国行きの飛行船へと乗り込んだ。


「……そんで飛行船内では携帯食を食ってしのいでたんだけど、もう腹が減ったのなんのって。第一ターミナルに来たところでいい匂いがしてよ。覗《のぞ》いて見たらチョロそうな店員が一人と、奥に牛人族のオッサンが一人だけだろ？　こりゃ足を痛めた俺でも、食うだけ食って逃げられると踏んだんだ。んで店へと入った」

一〇代という多感な時期に治安が極めて悪い国に長々といたせいで、倫理観と道徳観がぶっ壊されたらしいレオは堂々と食い逃げの犯行計画を語る。

そんなレオを見て、ソラノは思った。

同情はする。可哀想だとは思う。けれど無銭飲食は犯罪だし、それをこうも悪びれずに語るというのはどうなのか。

「何か私達に言うことはないんですか？」

ソラノとバッシはジト目でレオを見つめた。

ジロジロジロジロ。

二人に半眼で見つめられたレオはさすがに悪いと思ったのか、コップを握りしめながら言い訳を始める。

「いや……あんなに食う気はなかったんだ。けど、飯が美味すぎて……ワインも美味かったし。止められなくなったんだよ。何せ五年ぶりの王都の飯だぜ？　美味いの何のって。……悪かったよ」

レオはソラノとバッシの様子を窺《うかが》うようにちらちらと見ている。鋭い目つきは若干和らぎ、眉尻《まゆじり》が下がっていた。身長一九〇センチはあろうかという高身長の男だが、捨てられた子犬のような雰囲気を漂わせている。

ソラノは小さくため息をつき、レオの気持ちを考えつつ言葉を紡ぐ。

「色々と大変だったんですね」

「！　……おう」

「冒険者をやる上で足の怪我はきっと致命的でしょう。それでも金貨三〇枚を稼ぎ切ったのはすごいと思います。討伐依頼だけで稼いだんですか？」

「そうだ。凶悪な犯罪には手を染めなかった。強盗や殺人なんかはしていない」

「偉いです。私なら確実に死んでます」

「そうだろ？　目が一つ潰《つぶ》れても他の感覚で補うことができる。本当に強え奴なら隻腕だってものともしない。だがな、足は……致命的なんだ。いざって時に踏ん張りがきかなけりゃ、死に直結する」

「そんな状況でも頑張って高ランクを目指した志、本当にすごいですね」

「だろ？　だろ？」

レオは椅子から腰を浮かせ、前のめりになってソラノの言葉に同調する。

「俺の気持ちわかってくれるか？」

「ええ。そんな治安の悪い国で五年も冒険者として活動されたことは素晴らしいと思いますよ」

「お前、いい奴だな……！」

レオはとうとうソラノの手をがっしと握った。目がキラキラとしている。ソラノはにこりと笑みを浮かべる。営業スマイルだ。

「でも、だからって無銭飲食していいってことにはなりませんよね」

途端にレオの瞳から輝きが消え失《う》せた。ソラノは言葉を続ける。

「大変なのはよくわかりましたが、こちらも商売なんですよ。これでハイおしまいってわけにはいきません。お金は払ってもらわないと」

「だが金がねえ」

「そうなんですよねぇ」

ソラノは首を傾《かし》げた。無い袖《そで》は振れない。レオだって、金があれば食い逃げなどしなかっただろう。だがこのまま解放するわけにはいかない。

バッシは天井を仰いでうめき声を発した。

「従業員募集に無銭飲食……悩みは尽きないぜ」

「そうですねぇ」

ソラノもうーんと相槌《あいづち》を打つ。そしてふと、閃《ひらめ》いた。

「バッシさん、デルイさん、ルドルフさん。ちょっと集まってもらっていいですか？」

ソラノが手招きをして三人を集める。レオに聞こえないように声を落として囁《ささや》いた。

「レオ君を店で臨時雇用するのはどうでしょう」

「は？」

想像していなかったソラノの提案にデルイとルドルフが顔を顰《しか》めた。

「俺は反対だよ。相手は犯罪者だ」

「僕も賛成できません。軽犯罪とはいえ、然《しか》るべき処罰を与えませんと」

「確かに犯罪者ですけど、そんなものすごい大悪党ってわけじゃないですし、捕まった後は暴れもせずについて来ましたし……何より今、お店は人手不足です。片付けと皿洗いくらいならできるでしょうし」

レオの話を聞く限り考えなしのお調子者っぽい感じは否めないが、元を正せば冒険者に憧《あこが》れる少年だった。治療代をコツコツ返済する真面目さも持ち合わせている。ならば店でひと月ほど働いて飲食代を返してもらえれば、こちらとしても助かる。

ソラノの話を聞いたバッシも「確かになぁ」と同意した。

「被害にあった店側がそう言うなら、俺達も厳しいことは言えないけど」

「問題が起こらないように、彼には相応の措置を取らせていただきます。良いですか？」

「はい、むしろ助かります」

話がまとまったところで、皆でレオを見る。一斉に見つめられたレオは居心地が悪そうに体を左右に揺すった。

バッシはごほんと咳払《せきばら》いをして話を切り出す。

「あー、レオ君だったか。君に一つ、店から提案がある」

「な、何だよ」

「実は今、店が人手不足でな。無銭飲食した分、うちで働かないか」

「え!?」

考えてもいなかったであろう話にレオが目を見開いた。

「俺、飲食店で働いたことなんかねえけど」

「私達で教えるので大丈夫です。ほんの一ヶ月くらい働いてもらえればいいんで、簡単なことしかやってもらいませんし」

「だがよ……」

渋るレオに、デルイが笑みを浮かべて話しかけた。

「君、知ってた？　無銭飲食はグランドゥール王国のどこかの土地で三ヶ月の強制労働か店に三倍の金額の支払いになり、もれなく前科持ちになる」

「いっ⁉」

レオは血相を変えた。

「そ、そんなに重罰に処されるのか⁉　西方諸国じゃ逃げたもん勝ちだったのに」

「治安の悪い西方諸国とこの国を比較するもんじゃないよ」

「そんな」

助けを求めるようにレオがソラノとバッシの顔を見た。ダメ押しとばかりにバッシが言葉を付け加える。

「しばらく働いて、半額が食った分の飲食代、半額は給料として支払おう。賄いもつけるぞ」

「！　賄い」

レオの目の色が変わった。

「昼過ぎから閉店まで、賄い一食付き。皿洗いと簡単な接客でどうだ」

レオの心がグラグラ揺れ動いているのがわかる。

「オッサん……神か？」

「俺はただのシェフだ。そしてこの案を考えたのはソラノちゃんだ」

「お前、いい奴だな」

ソラノはにこにこした。

「実はお店で働いているサンドラさんって人がギックリ腰で働けなくなって、ちょうど人手を探していたところだったんです。レオ君が働いてくれるとうちもすごく助かるんですよね」

「本当か？　俺がいると助かる？」

「大助かりです。すぐ働ける人が欲しかったんです。ねっ？　どうでしょうか」

よしよし、これはいけるな。レオの心の天秤《てんびん》が大きく「働く」方に傾いているのがわかる。

人手が足りないのは喫緊の課題だ。誰かもう一人いないと、絶対に店が回らない。

「よし……俺、やるぜ！」

レオは拳《こぶし》をぐっと握りしめて言った。

「一緒に頑張りましょう」

「じゃあ、交渉成立ということで」

デルイが笑みを浮かべたまま右手をかざし、唐突にレオに向けて魔法を放った。

不意打ちを食らったレオはまともに魔法を浴び、黒い不穏な光が体を包み込んだかと思うと、両手首にじわりと紋様が浮かんだ。己の両手を見たレオが、力一杯叫ぶ。

「ああーっ、これって！」

「『契約の魔法』。君は犯罪者って扱いだからね。監視と店に悪さをしないように拘束も兼ねて、これくらいの措置は当然取らせてもらうよ」

「くそっ、せっかく解放されたと思ってたのに！」

絶望的な呻《うめ》き声を出すレオに、バッシが無情にも告げた。

「じゃ、早速皿洗ってくれ」

バッシが厨房《ちゅうぼう》の奥を親指で指し示すと、そこには先ほどレオがたらふく食べた豚肩ロースのブランケットの皿がゴッチャリと置かれていた。

「俺達、夜食食べてから閉店準備するからよろしく」

「よろしくー。デルイさんルドルフさん、ありがとうございました」

「我々本日は夜勤でまだ空港内にいますので、何かあったら呼んでください」

「逃げようとしたり、誰かに危害を加えようとしたら、その魔法の紋様が反応して君を絞めあげるから」

「うぐ……」

ソラノとバッシが食べる賄いを横目でチラチラ見ながらも、レオは文句を言わずに皿洗いを完遂した。賄いを出したらレオは大層喜んでいた。

こうしてビストロ　ヴェスティビュールに新たな仲間が加わった。

# 【八品目】金毛羊《きんもうひつじ》のロティ ―新メニューの考案―

それは、エアノーラの一言から始まった。

とある日の昼下がりに、商業部門の部門長エアノーラがやって来た。

「らっしゃいあせぇ！」

入店して一番に、そんな場違いな挨拶《あいさつ》をかけられたエアノーラはその場で足を止め、目を吊《つ》り上《あ》げて声をかけてきた人物を見やる。料理を運ぶ長身の青年、レオである。白いシャツに黒いズボンを穿《は》き、腰から下にエプロンを巻いたレオはしっかりした体躯《たいく》も相まって働く姿はなかなか様になっているのだが、如何《いかん》せん接客が初めてで元気が良すぎる。ソラノはエアノーラの注意が飛んでくる前に慌てて二人の間に立ち塞《ふさ》がった。

「いらっしゃいませ、エアノーラさん。すみません、彼は新しく入ったばかりでまだ接客に慣れてなくて……」

「そんな言い訳は許されないわ。エア・グランドゥールで働く以上、きちんと教育しておきなさい」

「はい、言い含めておきます。本日はお食事ですか」

「ええ」

「ではこちら、メニューをどうぞ。本日のオススメは、金毛羊のロティです。オーブンでじっくり焼き上げて、旨味《うまみ》を余すことなく閉じ込めて調理しました。付け合わせのマッシュポテトも、クリーミーで美味《おい》しいですよ」

ソラノは果実水と一緒にメニュー表を差し出した。エアノーラは珍しそうに言う。

「金毛羊なんて、よく手に入ったわね」

「王都の騎士の方達が狩りに行ったそうで、市場にたくさんあったんです。羊毛も卸すそうですよ」

ソラノがカウマンに聞いた話では、金毛羊も暴走牛同様に魔物だそうだ。高原に群れで住むその魔物の毛は防御力がやたらに高く、物理だろうが魔法だろうが並みの攻撃ならば弾《はじ》き返すらしい。羊毛は鈍い金色に輝いていて、織物にすればその光沢の美しさと防御力の高さから冒険者にも貴族にも人気があるし、肉は柔らかくこちらも食用に人気がある。

そんなオススメメニューを聞いたエアノーラは、「じゃあそれをお願い」と言ったのでソラノは承って注文を厨房へと通す。やがて出てきた料理をエアノーラへと提供すると、ソラノがその場を離れる前にエアノーラの方からソラノへと話しかけてきた。

「花祭りの広場での出店は、大成功だったらしいわね」

「おかげさまでたくさんの方にご来店いただきました。あの時は機転を利かせていただき、ありがとうございます」

「出店許可を取ったのは殿下よ。お礼ならば、殿下にどうぞ」

「はい。今度いらした時にお伝えします」

そこまでで会話が途切れ、エアノーラは料理に視線を落とす。スライスされた金毛羊の肉を一口大に切り分け、フォークで食べる食事所作は上品であり、絵になる仕草だ。

「お味はいかがですか？」

「美味しいわよ。見た目もいいし味もいいわね」

ソラノはこの言葉に、素直に「ありがとうございます」と返せなかった。料理を食べるエアノーラの表情は、以前見せてくれた掛け値なしの賞賛の言葉を送られた時とは違い、何か含みを持っていた。確かに料理を褒めてくれてはいるのだが、裏に何かを感じずにはいられない。

そう思ったソラノは、エアノーラを追及する。

「何か気になる点がありますか？」

「あら、さすが。私が心から満足していないと、表情から気がついたかしら」

「はい」

「そう。なら言わせてもらうけれど」

エアノーラはナイフとフォークを一度置くと、ソラノの顔を真《ま》っ直《す》ぐ見て、はっきりと言った。

「もう少し軽めのメニューも欲しいところね」

「軽めのメニューですか」

「そうよ。ディナーはともかくランチにはちょっと重いメニューが並びすぎている。一度、メニュー構成を見直すことをオススメするわ」

そう言ったエアノーラは、再びカトラリーを手に取って食事を再開する。

綺麗《きれい》に完食して去って行くエアノーラに「ありがとうございました」と頭を下げる。

「期待しているからね」と言い残し、ヒールの音を響かせて、エアノーラは第一ターミナルの隅にある職員用通路へと消えて行った。

ソラノはその日の営業時間中、接客をしつつもエアノーラの言葉が脳裏にこびりついて離れなかった。

夜、営業を終えた店の中、ソラノはメニュー表と睨《にら》めっこをする。そんなことをしていれば、当然のように店の他の面々が不審に思って声をかけてきた。にょきっと顔を覗《のぞ》かせて来たのは、カウマンだ。

「何をしているんだ？」

「メニュー構成について、考えています」

「ほう、メニュー構成についてか。……なんでまたそんなことを？」

「実は今日エアノーラさんが来店されてもう少し軽めのメニューが欲しいとおっしゃっていたので」

するとと話を聞いたバッシも顔を覗かせてくる。

「メニューを考えるのか？」

「はい。もう一度考え直したほうがいいのかなと」

ソラノとカウマンとバッシでメニュー表を見返してみた。

ビストロ　ヴェスティビュールはコースではなく一品料理が基本だ。前菜、スープ、メイン、デザートと一通りの料理があるのだが、お客様は自分の好きに料理を組み合わせて注文できる。

昼食では、前菜とメインだけ、あるいはメインとデザートだけといった注文も多い。

「今回エアノーラさんが言っていたのは、ランチに軽めの料理が食べたいってことだと思うんです。確かにメニューを見直すと、ステックアッシェ、オムレツ、ビーフシチュー、今日の金毛羊のロティに、先日の豚肩ロースのブランケットもしっかり食べるタイプのお料理ですし。女の人だと特に、

Bistro
menu

ランチはもっと軽い料理が食べたいのかなあって」

「軽い料理なぁ」カウマンが腕を組んで首を捻《ひね》った。

「俺ら牛人族には、あまりない発想だ」

「みなさん、よく食べますもんね……」

カウマン一家と働き出して数ヶ月。ソラノは彼らの食事量が並ではないことを知っていた。

ソラノが唇を尖《とが》らせてうーんと唸《うな》っていると、頭の上にずしりと重みを感じた。目線を上げると、レオが両腕を組んでソラノの上に顎《あご》を乗せ、体重をかけつつメニュー表を覗き込んでいる。

「俺に言わせれば、もっとボリュームあるメニュー増やしたほうがいいと思うけどな。肉！　スパイス！　ガーリック！　みたいなのが好みだ」

「それじゃあエアノーラさんの要求と真逆じゃん」

ソラノは即座にレオの提案を却下した。レオは常に空腹だ。西方諸国で長年暮らしていたらしいレオは、美味しくてお腹《なか》に溜《た》まる料理に飢えている。

「カウマンさんもバッシさんも、そう思わねえ？」

「まあ、自分で食うならそういう料理の方が好きだな」

カウマンがレオの意見に同意した。

「ほら。バッシさんはどう？」

「賄いならそれでもいいがなぁ。この店の客層にそういう料理はウケないぞ」

「ほらぁ。何かいい感じのメニュー、考えようよ」

「難しいな」

「ていうか重いんだけど」

ソラノがレオに苦言を呈すると、「悪い」と言って案外すんなり離れてくれる。

「二人は仲が良さそうだなぁ」

やりとりを見ていたカウマンが呑気《のんき》な感想を述べた。ソラノは反論した。

「仲良さそうですか？」

「おぉ、良さそうだ。何せソラノちゃんが対等に会話する人間というのが珍しい。同い年だからか？　遠慮が無いよな」

「まあ、確かに、カウマンさん達やお店のお客さんとは違いますけど……同級生みたいな感覚というか……まだレオ君、働き出して一〇日くらいなのに」

「俺、場に馴染《なじ》むの早いんだよ」

「早すぎるよ」

「ソラノちゃんに似てるなぁ」

カウマンの言葉に、ソラノはそうかなぁ、似てるかなぁ、と考え、メニュー表に再び視線を落とした。

「ランチに合うような軽めのメニュー……もう少し考えてみようっと」

ビストロ　ヴェスティビュールに合うような、お洒落《しゃれ》で美味しくて軽く食べられるランチメニュー。なかなかハードルが高いが、きっと何かあるはずだ。ソラノの言葉に店の他の面々も「おお」「ああ」と答えてくれたので、ひとまずこの話は終わりとなった。

# 【九品目】ズッキーニのキッシュ ―迷子の男の子―

サンドラがギックリ腰になり、レオが店で働くようになり、いいランチメニューの案が出ないまま数日が過ぎた。

ソラノは本日も店へと出勤するべく、飛行船に乗り空の旅へと繰り出している。すっかり慣れてしまったが、空の上に空港があってお店があるなんて不思議だなぁと、ふとした瞬間にしみじみ感じる。

エントランスが開けば接続ゲートを通って第一ターミナルへ。

そのまま店へと向かおうとしたが、待合所の椅子に小さな狐《きつね》の男の子が一人、座っているのが見えた。

狐だ。

ちょこんと座るその姿は、狐のぬいぐるみのようであった。

きつね色のもふもふした体毛の上からジャケットを羽織り蝶《ちょう》ネクタイを締め、チェックのズボンを穿《は》いた足は床に届かずブラブラと宙に浮いている。行儀よく膝《ひざ》の上に手を揃《そろ》えて置いていて、時折キョロキョロと周囲を見回しては糸のように細い目をさらに細め、シュン……と項垂《うなだ》れた。

迷子かな？

哀愁漂うその姿に、ソラノは声をかけずにはいられなかった。

「もしもし、そこの君」

そっと近寄りしゃがみこんで男の子と目線を合わせて話しかけてみる。

男の子は糸目を開いてこちらを見る。

「誰と来たの？」

「父と母です」

「そっか、お父さんとお母さんはどこ？」

すると首を横に振った。やっぱり迷子のようだ。

こういう場合は確か騎士に連絡するんだったっけな、と思い出していると、男の子のお腹《なか》がクゥと小さな音をたてて鳴った。

「ん？」

恥ずかしそうに両手でお腹を押さえ、ふさふさの尻尾《しっぽ》を左右に忙《せわ》しなく振っている。

「お腹空《す》いてるの？」

ソラノの問いかけに男の子は小さく頷《うなず》く。

「そっかそっか。ならさ、私あの店で働いてるんだけど、何か食べながらお父さんとお母さんが迎えにきてくれるの待ってよっか？」

「でも、知らない人について行っちゃダメだと母が言っていました」

男の子のお腹の虫がクゥクゥ騒ぎ出す。どうしたものかなとソラノは腕を組んで考えると、またもなかなかにしっかりした子のようだ。どうやら相当にお腹が空いているようだった。

「すぐそこだから大丈夫。ここにいて誘拐でもされたらそっちの方が心配だし、お店の中なら他の人の目もあるから危ないこともないよ。ねっ？」

　男の子は迷ったそぶりを見せた後、やがてコクリと頷いた。

「じゃあ行こうか。私はソラノ。お名前は？」

「アーノルド」

「アーノルド君ね、何歳なの？」

「七歳です」

「小さいのに立派だね」

　連れ立ってまだ開店前のビストロ　ヴェスティビュールまで行き、クッションを下敷きにして高さを合わせたカウンター席に腰掛けてもらう。エア・グランドゥールに存在する騎士団支部への連絡をしてから注文を尋ねた。

「何食べたいかな」

「……黒麦のお粥《かゆ》」

「黒麦？」

「うん。ありませんか？」

「聞いたことないなぁ。バッシさんは黒麦って知ってますか？」

「んん？」

　すでに厨房《ちゆうぼう》にいるバッシに声をかけてみると、答えは意外な人から返ってきた。

「知ってるぜ。西方諸国でよく食われてる麦の一種だ」

「レオ君」

働き始めてから数日で、すでに店に馴染んでいたレオである。「らっしゃいあせぇ！」と魚市場の親父《おやじ》のような挨拶《あいさつ》をして店にやって来たエアノーラを困惑させたりもしたが、言われたことはちゃんとこなすし、結構真面目に働いてくれていた。食い逃げから始まったにしては上出来だ。

レオは腰をかがめて目線を下げてから、アーノルドに問いかける。

「お前西方から来たのか？　にしては随分身なりが整ってんな」

「ちがいます。僕はオルセント王国から来ました」

「オルセントから？」

それは先だってこの店にやって来たフロランディーテ王女の婚約者、フィリス王子の祖国ではないだろうか。アーノルドは行儀よくはい、と頷く。

「僕の家は商会をやっていまして。この度の王女殿下との婚約を機に、グランドゥール王国に商機があると睨んだ父に連れられてここまで来たのです」

「おぉ……」

随分と立派な話し方をする子だなぁと感心する。ソラノがこの歳《とし》の頃、商機なんて言葉は知らなかった気がする。

しかし黒麦はここでは扱っていない。すでに今日のメニューを把握しているレオが、アーノルドに別メニューを提案した。

「すまねえな、ここでは黒麦は扱ってねえんだ。代わりにキッシュなんてどうだ？　黒麦の一〇〇倍は美味《うま》いぞ」

「キッシュ？」

「ああ。今日のはズッキーニが入ってる。小麦粉と卵、生クリームの生地でふんわりサクサクだ」

「！」

それを聞いたアーノルドは細い目を精一杯見開いてキラキラとさせた。

「それください！」

「おお、ちょっと待ってろ。バッシさん、キッシュの注文入ったぜ」

快活な笑みを浮かべたレオが注文表に注文を書きつけつつ、厨房に向かって言った。バッシは厨房から顔を出し、ソラノに問いかける。

「ソラノの賄いも同じキッシュでいいか？」

「はい、お願いします」

出来上がったキッシュを二人で並んで座って食べる。

キッシュにフォークを入れれば、サックリとした手応えを感じる。そのまま切り取り、口へと運ぶ。

何層にも折り重なったサクサクのパイ生地は、甘いデザートタイプのものではなく、塩気のあるおかずタイプのものだ。

ズッキーニの食感、優しい味わい。

「美味《おい》しい！」

「よかった」

アーノルドも気に入ってくれたらしく、パクパクと食べ進めている。

にしても、ソラノは黒麦がどんなものなのか少し気になった。

「ねえ、黒麦ってどんな食べ物なの？」

「んん？」

アーノルドは食べる手を止めて考え出す。

「そうですね。小麦よりは癖のある食べ物ですけど、慣れると美味しいです。栄養もたくさんあって父に聞いています。父はこの黒麦をグランドゥール王国に輸出したいのだとか」

「黒麦の輸出か……」

聞いていたカウマンとバッシ、レオは揃いも揃って微妙な顔をしている。

あまり良いことではないのだろうか。

パクパクと嬉《うれ》しそうにキッシュを食べ進めるアーノルドの前では、聞くのを躊躇《ためら》ってしまう。

ひとまず黒麦についての話題はそこまでにして、ソラノもキッシュを味わう。

「美味しいですねぇ。オルセント王国は小麦はそれほど食べないんですけど、これからはいっぱい食べられるようになるといいなぁ」

しみじみと言うアーノルドの尻尾が左右に振られていて、なんとも言えない可愛《かわい》さがある。耳と髭《ひげ》が連動して動いていて、愛くるしいとはこういうことを言うんだろう。まだ子供でサイズが小さいので、大人の獣人族《じゅうじんぞく》よりもぬいぐるみ感があった。

「ね、アーノルド君の種族名は？」

「僕達は狐人族《こじんぞく》です」

「狐人族ね」

ここで働いていると本当に色々な種族に出会うことができる。面白いなぁと思っていると、店のガラス越しに駆けてくる狐人族が二人見えた。

「アーノルド君、お迎えが来たみたいだよ」

「アーノルド！」

「あ、父さんと母さん」

「ああ、よかった。どこへ行ったのかと」

アーノルドを大きくしたかのような狐人族の二人は、タキシードとシックなネイビーのドレスを身に纏《まと》っている。二人は真っ直《ま》ぐ《す》にカウンター席まで来ると、アーノルドをひしと抱きしめた。

「心配したわ」

「ごめんなさい、僕……」

「目を離してすまなかった」

アーノルドを抱きしめた両親はそのまま空になったお皿を見つめ、それからソラノ達に向き直った。

「息子を保護してくださりありがとうございます。料理までご馳走《ちそう》になったようで、ご迷惑をおかけいたしました。代金はきっちりと支払わせていただきます。それから、お礼と言ってはなんですがこちらも」

言って旅行鞄《りよこうかばん》から、何やら瓶を数本と小さな紙袋を取り出した。

「我々はオルセント王国から来た商人でして。親子でレェーヴ商会という商会を営んでいるのですよ。これらは明日よりグランドゥール王国に売り込んでいこうと思っていた、林檎酒《シードル》とアルコールを抜いた林檎《りんご》のソーダ、黒麦粉です」

「ほお」

カウマンとバッシが興味深そうに出された食材を吟味する。

「林檎酒は王国でも一部流通していてコアな人気があるな。林檎のソーダも面白そうだ。しかし黒麦は……」

「ああ、わかっておりますよ。体調の異変ですよね」

「体調の異変？」

ソラノが首をかしげるとカウマンが神妙に頷く。

「以前黒麦を食べた王都民の何人かが体調を崩したことがあってな。幸い大事には至らなかったんだが、その話が王都中を駆け巡って、それ以来あまり黒麦は王都では食べられなくなったんだ」

「黒麦の抱える問題点はこの薬液で解決ができます」

アーノルドの父は慌てたように小瓶をカウンターの上に滑らせる。中には水色の液体が入っていた。

「ふむ？」

「この薬液は特殊な方法で作られておりまして。黒麦粉と薬液を混ぜ合わせて皮膚の一部に塗っていただき、赤く反応が出たら黒麦が体質に合わない。出なかったら問題無い、という判定になります」

「なるほどなぁ」

「林檎酒と黒麦のパンは最高の組み合わせですよ。是非ともご賞味ください。では」

再びお礼を言うと代金を支払い、アーノルドを連れ立って親子は店から出て行った。

「お姉ちゃん、ありがとう。キッシュ美味しかったです！」

「王都を楽しんでね」

手を振って見送り、去って行ったのを確認するとレオが渋い顔をして黒麦の袋を見つめる。

「黒麦かぁ……正直見るのも嫌だぜ」

「美味しくないの？」

「ああ。西方諸国だと煮込んで塩で味付けしたり、丸めて食べたりするんだけど。味気ないのなんのって」

「レオ君は西方諸国で活動していたんだよね」

「ああ。その間ほぼずっと、黒麦料理ばっかり食ってた」

「まあこれを王都で広めるのは難しいだろうな」

カウマンもレオに賛同した。

「俺も一度食べたことがある。味も独特だが、イメージが良くないんだ」

「どんなイメージなんですか？」

「黒麦はどんなに痩《や》せた大地でも育つから、救荒作物として貧しい国で広く食べられているんだ。だからグランドゥール王国のように豊かな国の人々はわざわざ食べない。しかも体調異変のリスクまで背負って食べるのは完全に物好きのすることだ。林檎酒はともかく、こりゃ無理だろう」

「へぇ……」

そこまで言われるとどんな食べ物なのか逆に興味が湧いてくる。まだ勤務時間まで少し時間があるソラノは黒麦粉の袋を引き寄せ、口を開けて中身を確認する。

名前の通りに黒い細かい粉がぎっしりと入っていた。

ふわり、と米でも小麦でもない独特の香りが鼻をつく。

「ん、これって」

袋から手にサラサラと流し出し、鼻を思い切り近づけて香りを確かめた。

芳《かぐわ》しく、懐かしい。久しく忘れていた香り。

これは、間違いない。

「そば粉の香りがする」

黒麦粉はまるでそばの粉だった。

俄然《がぜん》テンションが上がる。そば粉、久々のそばの香り。

「そばの香りだ！」

もう一度、噛《か》み殺《ころ》した声で言うも、全員が首を傾《かし》げて「？？？」という顔をしている。

「もうっ」

この喜びが伝わらないのがもどかしい。日本人なら絶対に「そばだ！」と言ってくれるはずなのに。

「まあ、そんなに食べてみたけりゃ料理してやるよ、明日はちょうど休みだが、店で作ろうや。なんならレオも来るか」

「おー、そりゃ有《あ》り難《がて》え。まあ黒麦料理にはそんなに興味ないけど、暇だし賄いを食いたいから来る」

カウマンの問いかけにレオが食いついた。

「じゃあ明日は黒麦と林檎酒で乾杯だな」

「やった、明日が楽しみです」

「とりあえず今日の仕事をしてくれよ」

「はーい」

カウマンに向けて返事をすると、ソラノは仕事の態勢へと入った。このそば粉のような香りの黒麦粉がどんな料理になって出て来るのか。ソラノは今からワクワクした。


「できたぜ」

「ありがとうございます」

翌日は店休日だった。が、ギックリ腰で養生中のサンドラを除いた全員が店に詰めかけている。いつもより遅い時間に集まり、早速カウマンが黒麦を使ったパンを焼いていた。

「一応みんなこの薬液で体質チェックをしておこうか」

「俺は散々食ってきたからんなことしなくても大丈夫」

黒麦粉と薬液を混ぜ合わせたものを皮膚に塗る。この薬液、瓶に入っている時は澄んだ水色だったが、こうして塗り広げると無色になる。しばらく待ってみても反応はないため、どうやら全員問題はないようだ。

「じゃあ早速いただきます！」

黒いパンを一つ掴《つか》んで口へと運ぶ。まだ熱々のそれを食べてみると、予想通りそばの味が口の中に広がった。ふわふわの食感にそばの優しい味わい。そば味のパンなんて初めて食べたが、これはこれで美味しかった。

「こうするとウメェな」

なんだかんだ悪《あ》し様に言っていたレオが、一番早く黒麦パンを平らげていく。高速で黒麦パンがレオの口へと消えていき、リスのように頬を膨らませて咀嚼《そしゃく》している。最後は林檎ソーダで一気に流し込んでいた。

「レオ君、気に入った？」

「ああ。調理法が違うだけでこんなに変わるなんて。料理って奥が深いな」

しげしげとパンを見つめながら言う。

「林檎酒も飲みてえんだけど」

「昼前からお酒はやめようよ」

「だよなぁ。でも絶対このパンに合うと思うんだけどな」

「まあ、アーノルド君のお父さんもそう言ってたからね」

言いながらソラノも林檎のソーダに手を伸ばした。甘くて芳醇《ほうじゅん》な林檎の味わいに、弾《はじ》ける炭酸の刺激。小麦と違い香り高い黒麦のパンにぴったりの飲み物だった。

カウマン父子《おやこ》も満足そうにパンとソーダでブランチを楽しんでいるが、カウマンはパンを食べ終えると難しい顔をした。

「けど、やっぱり流行《はや》らないだろうなぁ。この国には小麦のパンがあるからな」

「わざわざイメージの悪い黒麦を定着させるにはよっぽど努力が必要だな」

「無理だろ、こうやって食べてみるとまあ美味いけどさ。あの親子には悪いけど、敢《あ》えてこれを食う意味がねえし」

バッシもレオもカウマン同様、黒麦に否定的だった。

しかしどうだろう、意味がないとは聞き捨てならない。

日本人として生まれたソラノは、そばに非常によく似た味の食べ物を否定されるのが我慢ならなかった。

これはこれで美味しい。

小麦が毎日食べる主食に適した食材だとすれば、黒麦はいわば日常にちょっとした変化をもたらす食材だ。

例えば暑い夏に食欲があまり出ず、パンもお米も食べたい気分じゃないなぁ、って時でも、そばなら食べられる。喉《のど》越しが良く、つるりと食道を通っていき、胃ももたれない、軽やかかつ風味豊かなそば。この黒麦というのはそういう類の食べ物ではないだろうか。

そんなわけでソラノは反論を試みる。

「ちょっと待ってくださいよ、黒麦美味しいじゃないですか。そんなに否定しなくってもよくないですか?」

「まあパンにしたら美味かったけど、毎日食べたい味じゃないだろ」

ソラノの反論に、レオが間髪容れずに言い返す。ソラノはめげなかった。

「確かに、毎日食べるかと聞かれたらそういう味じゃないけど。ふとした瞬間に食べたくなる、これはそういう類のものだと思うよ」

「そうかなぁ」

手元の黒麦パンをしげしげと見つめながらレオが疑念の声を上げる。

「食べ方が良くないんじゃない？　レオ君も言ってたじゃん、調理法が変わると印象も味わいも変わるって、だから……」

ソラノはここで言葉を切った。

そうだ、調理法。

「これ、ガレットにして食べましょう。エアノーラさんが言っていた、軽めのメニューにもぴったりですし」

ガレット。どうして思いつかなかったんだろう。

卵とハムを薄焼きにしたガレットで包み込めば、ちょうどいいランチのメニューになるではないか。美味しくて、見た目も良く、軽く食べられるガレットは日本でも良く見かける料理だ。ヴェスティビュールで提供するのに丁度いい。

しかしソラノの提案に三人は一様に首を傾げた。

「ガレットって……何だ？」

「えっ……黒麦粉の生地を薄く伸ばして焼いた上に、ハムとか卵を載せて包み込んだ料理です」

「聞いたことねえなあ」

「うそ！」

思わずカウンターをバーンと叩《たた》いて立ち上がる。

「ガレット、ないんですか⁉」

「ないなあ。バッシお前聞いたことあるか」

「いいや」

「何てもったいない！」

黒麦が流行っていないせいなのか、ガレットはグランドゥール王国に存在していないようだ。それはもったいない。カリッカリの生地にとろりとした半熟卵を絡めて食べれば、見た目のオシャレさも相まって何とも言えない至福の気持ちになれるというのに。

かくいうソラノもこの国に来る前には、旅行先であるフランスで本場のガレットを食べようと思っていたのだ。確かブルターニュ地方という場所が発祥の地のはずだ。行きたい店に目星もつけていたというのに、唐突に異世界に迷い込んだせいで食べ損ねていたことを思い出した。

そして思い出すと無性に食べたくなってくるのが人の性《さが》というものだ。ソラノはもう、いてもたってもいられなくなった。ガレットが食べたい。今すぐに。

「作りましょう、ガレット」

私情も絡み、俄然やる気が出た。そば粉、もとい黒麦粉の良さを伝えなければ。こんなに美味しい食べ物を普及させないなどもったいなさすぎる。体調の異変というのはおそらくアレルギーのことだろう。それさえあらかじめ薬液で確認しておきさえすれば、恐れることは何もない。

「よしわかった」

二つ返事で頷《うなず》いたのはカウマンだ。

「俺も料理人の端くれ。美味い調理法があると聞けば興味がわくぜ。そのガレットとやらを作ってみよう」

「で、ソラノ。そのレシピ知ってんだろうな?」

「あ」

レオに言われて気がついた。

「私、ガレットの作り方知らないや……」

致命的だった。あからさまに落胆する三人に申し訳ない気持ちになりながら、でも普通はガレットの作り方なんか知らないよ、と言いたくもなる。ガレットといえば、店で食べる料理だ。しかし言い出した手前やり遂げなければならない。再現できるのはソラノしかいない。黒麦の命運はソラノの手にかかっていると言っても過言ではない。

ソラノは日本で何度か食べたことのあるガレットを思い出した。それほど複雑な料理ではなさそうだったし、作れる気がする。

「大丈夫です、見た目と味は記憶にはっきりと残っているので作りましょう」

「大丈夫かよそれ……」

凄《すさ》まじく心配そうな顔でレオに見つめられながらも、兎《と》にも角《かく》にもソラノを筆頭に休日のヴェスティビュールでガレット作りが始まった。

＊＊＊

豪華な応接室に向かい合って座るふた組の実業家。

一方は痩《や》せぎすな体型に上等な背広を着込み、指には金色の指輪がいくつも嵌《は》められている中年の男。もう一方はふかふかの毛の上から装飾のないシンプルな背広を身につけている、狐の獣人である狐人族の男。

テーブルの上には今回の商談の品である林檎酒《シードル》と林檎《りんご》ソーダ、黒麦粉が置かれている。

痩せた男の方が眉間《みけん》に皺《しわ》を寄せながら言葉を紡ぐ。

「飲み物の品質は良いとは思いますが。黒麦の方は到底受け入れられません」

「しかし、此度《こたび》のフロランディーテ様とフィリス様のご婚約により、必ずやオルセント王国の特産品に注目が集まるはずです」

「それも一時的な話でしょう」

狐人族の男の訴えを痩せぎすの男はにべもなく退ける。

「ご存知でしょうが、この国ではかつて黒麦を口にしたことで、体調を崩す者が続出したという経緯があります」

「ですが、こちらの薬液により特異体質の方を判別することが可能でして」

「そうまでしてこの麦を食べたがる者が何人いますかなぁ。小麦に比べると味が独特すぎる」

「黒麦は小麦に比べて栄養価が豊富でございます。健康志向の方々には気に入られるかと」

「けれど製粉した状態で大量輸入するのは、品質保持の観点から無理がありましょう。となれば国内で製粉する必要が出てくる。この国に黒麦を製粉できる工場はありませんし、作るにしたって金がかかる。その採算が取れなければいけませんが、見込みは全くありません」

「袋の口を密封し、錬金術師が作製した特殊な素材を共に封入することで製粉した状態でも一年は品質を保持できるようにしております。まずは様子見として粉に挽《ひ》いた状態のものを輸入し、一定の需要が見込めるようなら製粉工場を建てる、という手はいかがでしょう」

「ふむぅ」

男は腹の前で腕を組む。ソファにどっしりと身を沈めてしばし考えた後、ゆっくりと左右に首を振った。

「やはり引き受けかねます。林檎酒と林檎ソーダであれば喜んで取引に応じましょう。では本日はこれにて」

狐人族の男、アルジャーノン・レェーヴは肩を落とした。この商会で本日三件目の商談であったが、いずれも黒麦には難色を示される。

豊かな国では黒麦は敬遠されがちな食材だということは聞き及んでいたが、祖国の慣れ親しんだ食材をこうも否定され続けると悲しい気持ちになるというものだ。黒麦は優秀な食物だ。オルセント王国のような雨季が長く小麦が根付かない土壌であってもよく育つし、西方諸国のように魔物に蹂躙《じゅうりん》され続け土地が痩せ細っている場所でもたくましく実をつける。慣れれば味だって美味しい。

体質異常に関しても苦心して解決策を構築したというのに。

以前に安価な黒麦をグランドゥール王国で導入しよう、という動きがあった。

しかし黒麦の持つ物質が特定の人間に過剰な反応を引き起こし、体調不良を起こさせるという問題が発覚したのだ。事態を重く見た王都民達は黒麦を口にすることがなくなってしまった。せっかくの機会がフイになったのだ。

先祖代々、長く食べ慣れたオルセント王国民は、そのような体質異常が発生することがなかったので、これには国王を筆頭に皆が驚いた。この問題を解決せねば、これから先も黒麦を輸出することは難しいだろう。

以降、これを何とかしようとオルセント王国の学者と錬金術師が国をあげて研究に研究を重ねて出来上がったのが、先ほど披露した薬液。

「はぁ……」

アルジャーノンはため息をつく。しかしここで諦《あきら》めるわけにはいかない。

祖国オルセントのブランデル地方。土壌のぬかるみが酷いこの地域は、王室主導の大規模な治水対策により劇的に環境が良くなった。魔法使いも参加した掘削工事によって、地形に手を加え雨水を素早く河川に逃がすことにより田畑の冠水を抑え、作物の水害を減らす。そうして年々良くなる黒麦と林檎の収穫量。

特に最後の三年間、フィリス殿下が来てからの発展は目覚ましかった。初めは一一歳の子供など頼りないだけだと皆侮っていたが、公務にかける思いは並々ならぬものがあった。引っ込み思案だった王子は城で治水に関する膨大な知識だけは身につけていたものの、それを実践する思い切りがなかったらしい。

王子が変わったきっかけは何であったのか。河川敷で泥だらけになりながら塩で味付けしただけの黒麦粥《がゆ》を労働者とともに頬張っている時に、その答えが明らかになった。

「好きな人ができたんですよ」

朗らかに笑う王子は最初に会った時のほっそりした体型とは異なり、過酷な治水事業の間にしっかりと筋肉のついたたくましい体型に変わっていた。

「その方は大国の王女でね。この国にともに帰った時、素晴らしいと思ってもらえるような国にしたいのです。僕は民が豊かで貧困に喘《あえ》ぐことなく、笑顔が絶えない国にしたい」

民のためと大義名分を掲げて何もせず、搾取するだけの貴族もいる中で王子の発言は年相応の素直さが滲《にじ》み出《で》ていた。

それに現場に立ち会う王侯貴族など珍しい。ともに河川を掘り起こす王族ともなれば、お目にかかることなどほとんどないだろう。

アルジャーノンは都の中心に聳《そび》える王城を見据える。巨大な威容を誇る城の中に、敬愛するフィリス王子が滞在しているはずだ。

王子達のおかげで黒麦の収穫量はかつてないほどに上がっている。それはもう、国内でこれ以上捌《さば》けば値崩れが免れないほどに。

市場を国外に求めるしかない。

アルジャーノンは諦めるわけにはいかなかった。

ブランデル地方を代表する商人として今この国に来ている。持参した品物は一級品だ。切々と訴えればどこかの商会の人がきっと耳を傾けてくれるに違いない。

着込んだ一張羅のジャケットの襟を正し、次なる訪問先へと足を向けた。

アルジャーノンがこの日最後に訪れたのは、シャムロック商会という名の商会であった。

葉が黄色く塗られた三つ葉《シャムロック》のクローバーの看板を掲げた商会の門扉をくぐり、応接室で待つこと数分。

現れたのは顎髭《あごひげ》をたっぷりと蓄え、たくましい上腕二頭筋を持つ中年の男だった。今まで王都で面会してきた、いかにも大商会の商人といった風情とはまるで異なる。男は豪快に口を開けて笑顔を作ると、どら声で言う。

「お待たせして申し訳ありません」

「こちらこそ、予定時間より早くにお訪ねしてしまい申し訳ありません」

男はどっかりと大股《おおまた》を開いてソファへ腰を下ろした。

「シャムロック商会の代表を務めております、ウィリオと申します」

「レェーヴ商会代表のアルジャーノンと申します」

「オルセント王国より遠路遥々《はるばる》お越しいただきありがとうございます。いかがですかな？　グランドゥール王国の王都は」

「さすが聞きしに名高い世界一の大国の王都とあって、見るもの触れるもの全てが新鮮でございます」

「いやいや、オルセント王国もなかなかの技術力をお持ちだと聞いております。治水事業にかけては他の追随を許さないとか」

「何せ土壌の状態が芳しくありませんので、向上せざるを得ないのですよ」

はっはっはとビジネスライクな笑い声が響き、会話が途切れる。ウィリオが前のめりになって本題を切り出した。

「で、早速ですが品物を見せていただけませんかね」

「はい」

革の鞄《かばん》から林檎酒と林檎ソーダの瓶数本と黒麦粉の袋を取り出して机の上に置いた。もう何度も述べた口上を再び繰り返し、相手の反応を待つ。

「ふむ」

立ち上がったかと思うと扉を開いて、呼びつけた者に何がしかを言付ける。

ややあって使用人が陶製のコップとコルク抜き、そして木製のボウルとスプーンを持って来た。

林檎酒のコルクを男が手ずから開ける。ポンッといい音を立ててコルクが放たれ、トクトクトクと林檎酒が注がれる。

口に含んで味を確かめるために舌の上で転がす。

それを持参した本数分、全て確かめる。

数拍の間があって一言。

「いい酒ですな。黄金色で微発泡、林檎の味を感じられる。ものによって甘口、中辛、辛口と分かれておりますね」

「はい。自信を持っておすすめできる一品です。辛口であっても度数がワインよりも低いのでお酒が苦手な方でも気軽にお召し上がりいただけるかと」

続いて黒麦粉の袋を開き、粉をボウルに入れた後に薬液を垂らし入れる。それを自分の掌《てのひら》に塗ってじーっと見つめ、その後に黒麦粉をそのまま掌に出して匂いを確かめた。

アルジャーノンはゴクリと喉《のど》を鳴らす。

ややあってからウィリオは眉間に皺を寄せてこちらを見る。

「これをどれほどの量、いくらでお売りになるつもりですかね」

量と値段を伝えると、左右に首を振った。

「いくら安かろうと、その量を売りさばくにはかなりの努力が必要になりますよ。いちいち体質を確かめる必要があるというのもネックです」

「やはりそうですか……」

アルジャーノンは落胆した。王都に来てからというもの、商談のたびに落胆し続けている。林檎酒にはいい手応えを感じるのに、黒麦ときたら評価があまりにも低すぎる。

しかし、中心街で市場調査を行っている妻と子のためにも何かしらの成果を持ち帰りたい。アルジャーノンはうつむいた顔をしかとあげる。

「何かきっかけがあれば売れる、ということはないでしょうか。例えばあっと驚く料理方法を提案したりですとか、皆が知っている方に宣伝を依頼するですとか」

「ちなみにお国ではどのようにして召し上がるのが一般的で？」

「小麦のようにパンにするか、もしくは粥にするのが普通です」

「あまり面白みはありませんね」

ウィリオがたくましい腕を組みながら言う。

「いや」

ふと、思いついたようにウィリオが呟《つぶや》く。

「私が配送を担当している店で一つ、面白いところがあります」

「これほど大きな商会の代表がわざわざ配送まで担当しているのですか？」

「体を動かすのが性に合っておりましてね。一日に数時間、必ず配送に従事することにしているのです。現場を見なければわからないこともあるでしょう」

随分と親しみの持てる人間のようだ。アルジャーノンはウィリオの次の言葉を持つ。

「で、その店というのが、先だってフロランディーテ王女とフィリス王子が非公式でお会いした店だということで、大層話題になったのですよ。店でお二人が召し上がったなんとかデギゼとかいう食べ物を求めて、都中の女性が殺到したのです」

「それはなんとも大騒ぎですね」

これほど大きな国の都中の女性が殺到したというのはあまり現実的ではない話だが、王女と王子が利用した店とあれば話題になるのも当然だろう。

ウィリオも頷《うなず》く。

「その店というのがなかなかに面白い料理を出しておりましてね。未《いま》だに人々の口の端にはのぼっているようですし、もしよければ助力を願ってみるのも面白いかもしれません」

「おお、それはいい案です。して、その店の場所と名前は？」

ウィリオがニヤリと口髭を蓄えた唇を捲《まく》り上《あ》げる。

「エア・グランドゥールの第一ターミナルにある、ビストロ　ヴェスティビュールという店です」

## 【十品目】ヴィシソワーズ —再訪のお客様—

熱したフライパンに黒麦粉と少量の塩を水で溶いた生地を流し入れる。

ジューッと音がして、ふつふつと小さな穴が開いて生地が盛り上がる。

じっと見つめて頃合いを見計らい、フライ返しをフライパンと生地の間に差し込んだ。

「えいっ」

ひっくり返したガレット生地にハムを置き、真ん中に素早く卵を落とし入れる。裏にも火が通ったら丸い生地が四角くなるように端をパタンと折りたたむ。のだが。

「「「「ああーっ！」」」」

四人の悲鳴が木霊した。

「だめだっ、どうしても生地が割れちゃう！」

カリッカリに焼けたガレットは、折りたたんだ部分が見るも無残にボッキリと折れ、ぐちゃっとなった。とても人に食べさせられるような代物ではない。

「なんでこうなるんだろう……」

哀れな見た目のガレットをお皿に取り、ソラノは半泣きになった。

トライ&エラーを繰り返すこと一〇回。ガレット作りは一進一退の様相を呈していた。

「生地を厚めにすると生焼けになっちゃうし、薄くするとうまくひっくり返せないし……」

「しかも生地に焼きムラがあんな」

「到底うまそうには見えないんだけど」

カウマンとレオに突っ込まれソラノはしょげた。

どうにも生地作りがうまくいかない。黒麦粉と水、塩の分量を色々と変えてみているものの、ソラノが食べたことのあるカリカリの生地が焼き上がらない。

こんなことでは、美味《おい》しい黒麦の料理を食べさせて、皆の黒麦に対するイメージを変えるという野望は果たせそうにない。

ひとまずこのガレットもどきをつついて食べてみると、まあそれっぽい味わいにはなっているのだが、何かが違った。生地が馴染《なじ》んでいないというかなんというか。卵とハムは美味しいんだけれど、これで本日一〇回目ともなるとさすがに飽きがくる。カウマン一家とレオも食べてくれるのだが、これがガレットというイメージを持たれると嫌だった。

ガレットはもっと美味しい。

こんなにも難しい料理だとは思わなかったけれど。

「レシピを知らない料理を再現するなんて無理なんじゃね？」

「いやいやレオ君、諦《あきら》めるにはまだ早いよ」

ソラノはちょっとやそっとの失敗では諦めない。もっと限界まで挑戦することを己の信条として掲げている。まだまだ諦めるような段階ではない。

それはともかくとして、手詰まりなのは確かだった。

「うーん……」

ソラノは自身が作り上げたガレットもどきを眺めつつ、どうしようかなと途方に暮れた。

ガレット作りが上手《うま》くいかないまま黒麦が底をついた。もはやこうなっては打つ手は無い。いつまでも作れぬ料理に時間と思考を割いている暇は無かった。ランチにぴったりだと思ったのだが、作れないのであればどうしようもない。

店で働くソラノは、来客の姿を確認したので店先に行ってみれば、見知った姿の二人組だった。

「いらっしゃいませ、お久しぶりです」

「ええ、また来てしまったわ」

「その節はどうも」

フロランディーテとフィリスだった。

フロランディーテは前回と同じラベンダー色のドレスを着用しており、フィリスの方も比較的地味な服を着込んでいるが、ソラノは一度会った客の顔は忘れないという特技を持っている。間違えるはずがない。

テーブル席に促すと、フロランディーテはソラノを見上げてきた。

「私達のせいで、随分お店に迷惑をかけてしまったと聞いているわ。何でもフリュイ・デギゼを食べようと、王都からお客が殺到したとか。ごめんなさいね」

「いえ、ロベール殿下の計らいで花祭りに臨時出店できましたし、楽しかったです」

「まあ、お兄様が」

フロランディーテは明るい紫色の瞳《ひとみ》を見開いた。

「お兄様、本当に店を気に入っていらっしゃるのね」

「おかげさまで貴重な経験になりました」

「フローラのお兄様は、僕とフローラの婚約にも力添えをしてくれたし、本当に良い方だよ」

「あら、フィリス様まで。お兄様に当たり散らしたことが申し訳ないわ」

「きっとロベール殿下は気にしていないと思いますよ」

言いながらソラノはあの時の騒動を振り返る。

店に訪れる客は、口々に婚約した二人の運命的な再会や幼少期の二人の出会いの話に花を咲かせるのだが、ソラノとしてはそれよりも羨《うらや》ましいことがある。

あの時、隅で二人を見守っているロベールの顔は、大切な妹の幸せを願っている兄のものだった。

（お兄ちゃん、良いなぁ……）

ソラノは、自分の実の兄が大好きだ。異世界に飛んでしまったソラノは、ロベールに自分の兄を重ねてフロランディーテが羨ましくなった。

恋愛よりも兄優先なソラノの思考に気がついている者はきっといないだろう。

「それで、本日おすすめのメニューはあるかしら？」

フロランディーテに問われてソラノは接客中であることを思い出し、すぐさま思考を現実に戻した。

「はい、本日のおすすめはヴィシソワーズです」

「ならそれをお願いするわ。フィリス様は？」

「僕もフローラと同じで」

「かしこまりました」

ソラノは厨房《ちゅうぼう》にいるカウマンとバッシに注文を通した。

ヴィシソワーズ、つまりじゃがいもの冷製スープ。

長ねぎに似たポワローという野菜をバターで炒《いた》めてからじゃがいもを加え、そこに水と牛乳を加える。じっくり煮込んだら丁寧に裏ごしし、冷やしたら仕上げに生クリームを混ぜる。

この季節ならではの新じゃがいもの風味が、乳製品の油脂でまろやかに伸ばされた極上の逸品だ。

「お待たせいたしました、ヴィシソワーズです」

フロランディーテは上品にスプーンでヴィシソワーズをすくい、口に運びほぅと息をつく。

「相変わらずここのお料理は美味しいわね」

「僕は前回、デザートしか食べなかったから楽しみだよ」

「恐れ入ります」

向かい合ってテーブル席に座り、ヴィシソワーズに口をつける二人。時折微笑《ほほえ》んで会話をする様はとても愛らしく、邪魔ができないような雰囲気を醸し出していた。

さっさと退散しようと思っていたところに、フロランディーテの方から声をかけてくる。

「ソラノは黒麦って食べたことあるかしら」

「はい、ついこの間いただきました」

「私も先日口にしたのだけれど、なかなかこの国では浸透していないと聞いていて」

「僕としては黒麦の普及に力を入れたいんだけれどね」

フィリスがヴィシソワーズを食べながら嘆息した。

「特にブランデル地方のものが美味しいんだ。贔屓《ひいき》じゃないけど、あの地方は僕が治水事業に従事していてね。よく作業夫と一緒に食べたものだけれど、城で一人で食べる食事の一〇〇倍は美味しかったよ」

懐かしむように遠くを見ながら言うフィリスの瞳には、祖国の景色が映っているのだろう。

「黒麦は少々癖があるけれど、栄養価が豊富で林檎酒《シードル》によく合うんだ。林檎《りんご》のソーダにも合うから大人から子供まで広く楽しめる。大国グランドゥールで流行《はや》れば他の国ももっと興味を持つだろうし、そうなれば流通量が増える。黒麦はどんな厳しい環境でも育つから、貧しい国でよく作られている。そうした国から買い取ることができれば国が豊かになり、貧民が減る。いいことだらけだと思うんだけどなぁ」

およそ一五歳の人間が話すような内容ではなく、ソラノはたじろいだ。さすが一国の王子なだけあって政治的なものの考え方が達者である。

「この国では前に黒麦を食べて体調を崩した人がいると聞きました。その体質を見抜くための薬液を作ったと、以前お店に来た商人さんが言っていましたけど……」

「うん、その話なら知っている。薬液を作るのも国家が関わった事業でね、結構大変だったんだ」

「でも、体質診断までして黒麦を食べる人が本当にいるのかな、というのが一般の人の見解のようですよ」

言いにくいこともズバリと言うソラノにフィリスは特に気を悪くした風でもなく、顎《あご》に手を当てふむ、と考え出した。

「私がいた世界では美味しい黒麦料理がたくさんあって、一般に浸透していたんですけどね。少し残念な気持ちがあります」

「それは興味があるな、どんな料理なんだい？」

「ガレットという、薄く焼いた黒麦の生地にハムや卵を落として端を折りたたんだ料理です。聞いたことありませんか？」

「残念ながらないな。是非とも食べてみたいところだ」

「私もよ。そうだわ」

フィリスの向かいに座るフロランディーテが手を合わせた。

「そのガレットというお料理と私達とで、また流行を生み出したらどうでしょうか」

「黒麦を使った珍しい料理を食べているところを国民に見せるのか、いい手だな」

確かにフリュイ・デギゼのフィーバーっぷりを鑑みると、それは効果がある手だろう。注目の的である二人が食べたとあれば、イメージの悪い黒麦でも食べてみたいと人々の好奇心をそそることができる。

「むやみやたらに色々な場所で売られるようになって、具合の悪い方が出てきたら困りませんか？」

ソラノは疑問を零《こぼ》した。いくら過去に黒麦を食べて体調を崩した人間がいるという話が広まっていても、知らない人だっているだろう。仮に黒麦が流行し、色々なところで売られるようになり、薬液で確認せずに口にする人が増えれば、それだけリスクが増えてしまう。

ソラノの危惧《きぐ》に解決策を示したのは、またしてもフロランディーテであった。

「なら、黒麦の輸入は国で管理するというのはいかが？」

「国で、ですか?」

「ええ。小麦のような主要穀物はね、グランドゥール王国で作っている分との兼ね合いがあるから国が全て輸入管理をしているのよ。飛行船や海路、陸路で国に運ばれてくる穀物は、国管轄の倉庫に納められてそこから各商会へと卸す。黒麦もこの品目の一つに加えてしまえば卸す商会を厳選できる。そうしたら下手な商売をしているところに手は出せないはずよ」

ソラノのみならずフィリスも唸《うな》った。

フロランディーテはフィリスよりさらに年下の一二歳。なのにこの博識ぶりとは、この国の未来は明るそうだ。

「それなら現実味がありそうだね、うん。さすがは僕のフローラ」

フィリスが笑顔でフロランディーテのことを褒め、フロランディーテは照れたように頬をほんのりと朱に染める。ラブラブなオーラが辺りに漂っていた。

「帰ったら早速大臣に相談をしなくちゃ」

「僕も一緒に説得するよ」

そうして二人はソラノを見て、裏も表もない純粋ないい笑顔を向けた。

「そんなわけなので、ソラノさん達はお店で黒麦を使ったガレットというお料理を作ってくださらない?」

「え、ですが……」

みなまで言わせず、フィリスが言葉を被《かぶ》せてくる。

「いいね、僕達が二人で食べるなら思い出深いこのお店がぴったりだ」

「是非ともこちらのお店で一風変わった黒麦のお料理をいただきたいわ。シェフに伝えてくださる？」

そう言われてしまっては断ることなどできない。二人は尊い血筋の身の上であり、大切なお客様だ。

ガレットを知っているのはソラノだけで、そしてその料理を再現できずに悩んでいる、とは言い出せなくなってしまった。

ソラノは引きつる頬を誤魔化すようにお辞儀をして「善処いたします」とだけ答えた。

## 【十一品目】ズッキーニの肉詰め ―あと一歩足りないもの―

「とんでもないことになりました」

「そうだなぁ」

閉店後の店でソラノは頭を抱えた。バッシも相槌《あいづち》を打ってくれた。

ガレットを作るというのは、最初はちょっとした思いつきだったはずだ。

それがなぜか、今や国家が関わるプロジェクトの一端へと変貌《へんぼう》している。

「こうなったらガレットを完璧《かんぺき》に再現するほかありません」

「お二人が楽しみにしているからなぁ」

王族の二人が、いやこの店の料理を好いてくれているお客様が、期待して待っている。ならば作り上げなければならない。それが店に課せられた使命であり、料理店としての宿命だ。

「とりあえず黒麦が尽きているので、アーノルド君のところへ行ってもらってこないと……」

「明日の勤務前に行っちまうか」

二人で閉店作業をしながら話し込んでいると、閉められている扉をノックする音がした。

「誰だ？　常連客か？」

閉まっている扉をわざわざノックするなど、常連客だってしない行為だ。

扉を叩《たた》く音は続き、なかなか止《や》む気配がない。何かよほどの急な用事がある人なのだろうか。

切羽詰まったように叩かれ続けているし、とにかく音の正体を確かめなければと扉を開くと、立っていたのは意外な人物だった。

「アーノルド君のお父さんですか？」

狐《きつね》顔のその人物はアーノルドの父だった。

「閉店しているところを申し訳ありません。実は折り入ってのお願いがありまして」

「はい？」

接客においては丁寧な態度を崩さないソラノも、閉店後の店でこのような発言をされてさすがに疑問が先に出てしまった。

「ひとまず中に入れていただいてもよろしいでしょうか」

「あ、はい。どうぞ」

請われるままに店内へと促すと、カウンターの一席に座り、バッシとソラノを見つめた。

「私はアルジャーノンと申します。お願いというのは黒麦のことでして」

「黒麦ですか」

またしても。なんだかこの二日間やたらに黒麦が話題に出てくる。

「はい。王都でいくつか商談を交わしたのですが、どうにも難航しておりまして。しかしそのうちの一つの商会で、こちらのお店のことが話題に出たのです」

話題に出たのはシャムロック商会との商談中のことであったらしい。フロランディーテ王女とフィリス王子が邂逅《かいこう》したことで話題となったこの店は、未《いま》だ王都で噂《うわさ》になっているらしい。そんな店で黒麦の料理を提供するようになれば、食べる人が増えるのではという藁《わら》にもすがる気持ちでここまで来たという。

「こんなことをお願いするのは厚かましいとわかっております。しかし我々はどうしても黒麦の販路を確保したいのです。国では年々収穫量が増える黒麦に、市場での値崩れが起きかけております。値が下がれば農民の生活は苦しくなる。祖国の窮状を救いたい一心で、私共商会は遥々《はるばる》空を渡ってここグランドゥール王国までやって参りました。どうにか、お力添えいただけないでしょうか」

カウンターに手をつき、深々と頭をさげるアルジャーノン。

これは偶然なのだろうか。それともフィリスがこの国に来たことで起こった必然的な出来事なのだろうか。ともあれソラノとバッシは顔を見合わせ、そしてソラノから話を切り出す。

「実は同じようなことを、今日フロランディーテ王女殿下とフィリス王子殿下にお願いされまして」

「えっ、殿下がこのお店にいらっしゃったんですか？」

「はい、数時間前までいらしてました」

「何と！　お会いしたかった」

アルジャーノンが非常に悔しそうな顔を浮かべた。

「実はフィリス殿下には故郷の治水事業でお世話になった恩がありまして。そうですか、殿下が……」

しみじみと言うアルジャーノンは、懐かしさを噛《か》み締《し》めた後に言葉を続けた。

「で、フィリス殿下が黒麦についてのお願いをしたと？」

「はい、グランドゥール王国に普及させるために自分達が広告塔になるから、美味《おい》しい料理を用意してくれと頼まれまして」

「何とそれは」

アルジャーノンが晴れやかな表情になる。そしてソラノとバッシに深々と頭を下げた。

「ご助力いただきありがとうございます。この御恩は決して忘れません」

「いえ、まだなにも始まっていませんが」

「そうでしたな、早とちりはいけませんね」

「ひとまず何か召し上がって帰りますか？」

「ですがもう閉店の時間では」

「何、いいんだ。メニューは限られるがよかったら食っていってくれ」

バッシの言葉にアルジャーノンが控えめに頷《うなず》く。

「ではお言葉に甘えまして」

「かしこまりました！」

アルジャーノンはフウとため息をつき、やっと落ち着いたように店をキョロキョロと見回す。

「こちらの店に殿下が……どちらの席にお座りになったのですか?」

「窓際のテーブル席です」

「ほほう」

アルジャーノンは振り向き、テーブル席を見やる。ふさふさのしっぽが左右に振られた。

「アルジャーノンさんはフィリス王子様と親しかったんですか?」

「親しいといいますか、先ほども言ったように治水事業を指揮された方でして。泥と汗にまみれて作業夫とともに働くその姿は皆の心を打ったんですよ」

言ってから何かを思い出したようで、ピンと伸びた髭《ひげ》をピクピク揺らしながら笑い出す。

「どんな時でも決して日に焼けないように、細心の注意を払っておりましてね。『焼けてしまって姫に嫌われたら困る』とおっしゃっていました」

そういう話を聞くと、王子は王女のことを本当に好きなんだなと思う。婚約のあのドタバタ騒動を思い出してソラノは苦笑した。あの時はフロランディーテの兄であり、いつも冷静沈着に見えるロベールもかなり取り乱していたし、騎士達に至っては上へ下への大騒動だったらしい。

「たとえ日に焼けたとしても、そんなことで嫌いになるような方じゃないと思いますけどね、王女様は」

二人の様子を見ていたソラノはしみじみと言う。昔会った時から好きだったと言うし、どんな見かけだろうと好きなままだろうと思う。しかし好きな相手にはよく見られたいと思う気持ちもわかる。要するに二人ともいじらしく可愛《かわい》らしい。恋愛経験が未だないソラノからすると、微笑《ほほえ》ましくもあり、少し羨《うらや》ましい気持ちもある。

「ほい、待たせたな」

「おお」

バッシがカウンターまで出て来て料理を置く。

「ズッキーニの肉詰めだ」

細長いきゅうりのお化けのような見た目のズッキーニ、それを縦半分に切り、中身をくり抜いてぎっしりとひき肉が詰め込まれている。この季節ならではの逸品だ。

「白ワインでいいか?」

「はい」

アルジャーノンはナイフとフォークを毛で覆われたその手で握る。フォークで押さえて、真ん中から縦に割る。じゅわり、と肉汁が溢《あふ》れ出した。

一口大に切ってから、カプリ。

「オホッ」

熱かったらしくハフハフと食べ、ゴクリと飲み下した。

「うん、美味しいです」

いい笑顔を向けてくれた。白ワインを手にとってキュッと口にする。

「故郷だと林檎酒《シードル》ばかりですが、ワインもいいですね」

そしてもう一口、ズッキーニの肉詰め。

「うん、中に詰まっている、と言うのが実にいい。淡白なズッキーニの味わいが肉のしつこさを中和してくれる」

「ズッキーニはこの時期にしか収穫できないからな。陽《ひ》の光をたっぷりと浴びて育った野菜はそれだけでご馳走《ちそう》だ」

そうバッシが言うと、アルジャーノンは頷いた。

「美味しい料理を、ありがとうございます」

ポツリとアルジャーノンが言う。

「黒麦の件、何かお役に立てることがあればいいんですが。もちろん試作中、材料は無償で提供させていただきます」

「アルジャーノンさん、黒麦粉の生地を薄く伸ばして焼いたガレットという料理に聞き覚えはありませんか？」

「ガレット、ですか？」

ソラノの問いかけにアルジャーノンは腕を組んで首を捻《ひね》る。

「ありませんねぇ。黒麦といえばパンにして食べるか粥《かゆ》にするのが一般的でして」

「そうですか……」

「お役に立てずに申し訳ありません」

「いいえ、とんでもない」

ともかくやってみるしかない。黒麦の未来はヴェスティビュールの手に委ねられている。

＊＊＊

「カウマンさん、パン作りで一番大切なことは何でしょうか」

「そりゃ材料をきっちり量ることだな」

「なるほど」

「それができていないと、上手く膨らまなかったり味にばらつきが出たりする。量るのは大切なことだ」

カウマンはビストロ　ヴェスティビュールのキッチンで腕を組んで頷きながら言った。

ガレットを作ろうと思い立ってから二回目の店休日がやって来た。黒麦の追加はアルジャーノンが翌日に大量に店へと運び込んでくれた。足りなければもっと持ってくると言っていたし、材料は十分にある。

店のある日はどうしてもガレット作りに割ける時間が限られる。午前の出勤前の時間にやってみようにも、一人では捗《はかど》らない。こうして料理人であるカウマンとバッシの意見を聞きつつ、ゆっくりと作ってみる方がよほど効率がいい。

「私もきちんと量りながら作ろうと思います」

「配合を色々と変えてみて、逐一メモしておいた方がいい。一番上手くいった配合が一目瞭然《いちもくりようぜん》だ」

「はい」

バッシのアドバイスのもとに、バネ式のレトロな上皿はかりにボウルを置き、そこに黒麦粉を慎重に入れていく。

前回はいきなり完成形を作ろうとして大失敗した。なので今回はひとまずガレット生地を作り上げることに注力する。

納得のいく生地を作り上げ、その後にハムやチーズといった具材を載せて焼けばいい。基本が出来ずして応用が作れるはずがない。ソラノはようやく、そのことに気がついた。

全員顔つきは真剣だったが、何故《なぜ》か手を動かしているのはソラノだけだった。せっせと黒麦粉の量を量り、水を量り、塩を量る。そしてボウルの一つ一つにメモを書いて貼った。

「もはやガレット作りは単なるお遊びじゃなくなった」

「ああ、俺達に課せられた使命だ」

「ソラノ、頑張れよ」

「カウマンさんもバッシさんもレオ君も、そんなこと言うなら手伝って下さいよ！」

「手伝ってるだろ」

「アドバイスしてる」

「俺、焼くのやってみてえな」

「ほら、焼く前に生地の配合から！」

ソラノは三人の前にも材料を置くと、再びガレットの生地作りを再開した。量り終えたボウルを三人に押し付ける。

「材料はシンプルなんですよ。黒麦の粉に塩、それから水。たったこれだけ」

「その三つの比率が重要だな。粉が多すぎても少なすぎても上手く焼けないから、黄金比率を見つけよう。どんな料理にも必ずこれだという分量があるし、それがわかればあとは作り手が変わっても再現しやすい」

カウマンの助言に基づいて粉の量を少しずつ変えたものを用意し、混ぜていく。

「なあ、材料本当にそれだけなのか？　小麦粉とか卵とか入れちゃダメなのか」

ぐるぐると材料を混ぜているソラノに、同じく横で別のボウルを混ぜていたレオが話しかけてくる。

「わかんないけど、私が食べたかったガレットの材料はそれだけだったと思うよ。『シンプルな方が素材の味が引き立つ』って書いてあった」

「書いてあった？」

「行きたかったお店の記事が、そんな感じで旅行雑誌に書いてあったの」

「もしかして今作ってる生地の元になる料理、食ったことないのか」

レオはあからさまに呆《あき》れ顔を見せた。ソラノは補足説明を入れる。

「でも、ガレット自体は食べたことあるから、あながち間違ってないと思うよ！　大丈夫！」

レオは「そうか……」と納得しているようなしていないような顔をしてから、再び材料を混ぜる作業に戻った。

「料理を一から作るって難しいんですね」

作業をしながらソラノは言う。黒麦は水と塩を含んでねっとりとした液状になり、灰色がかった生地へと変貌《へんぼう》した。正確には存在する料理を再現しているだけなのだが、ここまでレシピがわからなければもう新しい料理を作っているのと大差がない。

「そうだな、先人達も試行錯誤の果てに色々な新しい料理を作り上げたんだろうな」

「俺達はそれをなぞりつつ、独自のアレンジを加えているわけだ」

「奥が深いな、料理」

カウマンとバッシとレオもボウルの中身をかき混ぜつつ賛同する。全部で一〇パターン用意してみた。

「おし、じゃあ焼いていこう」

「魔法石コンロが四口あるから同時に行くぞ」

「ソラノはちっさいから真ん中に挟まってろ」

「いつの間にか三人は息ぴったりですね」

「とりあえず強火でやってみよう」

フライパンに片手を添え、生地の入ったおたまをもう片方の手に握りしめる四人。コンロの前に並び立つと、いかに大柄な種族用に作られたキッチンとはいえ狭くなった。ひしめき合いながらも調理を続ける四人。屈強なガタイの三人に囲まれる、日本人の平均身長ど真ん中のソラノ。両側から来る熱量がすごかった。

カウマンの声掛けで強火で熱したフライパンに生地を流すと、あっという間に焼けていく。

「生地を伸ばし切る前に焼けていくな」

「中火にしてみようか」

バッシが渋面を作り、カウマンが次なるガレット生地作りに取り掛かる。

一〇パターンの配合を変えた生地を強火、中火、弱火と異なる火力で焼いて行く。途方も無い作業だったが、きっちりと計量したものを様々な焼き加減で続けざまに焼き、比較することで見えてくるものがあった。

もっちり焼ける、パリパリに焼ける、薄すぎて焦げる、逆に厚すぎて火が通らない。

水が多すぎて生地が広がりすぎる、水が少なすぎて生地が伸びない。

様々な問題点を挙げ列《つら》ね、一つ一つ潰《つぶ》していき、丸一日を費やしてこれが一番だという完璧《かんぺき》な配合を見つけ出した。

「この生地が一番、ソラノが言っていたパリッとした薄焼きの生地になってんな」

一〇〇枚は焼いたであろう頃に試食会をし、満場一致で一枚のガレット生地に決まった。

「けどなんかなぁ」

「まだ何かあるのか」

ソラノが零《こぼ》した一言に、レオがげんなりした顔を浮かべる。すでに日は暮れかけており、ビストロ　ヴェスティビュールの店内にある大きな窓からは雲間に日が沈もうとしているのが見える。一日使ってこれぞという配合、焼き加減を見つけたというのに、まだ不服そうな顔をされれば嫌気がさすのも無理はないだろう。しかしソラノはそれでも言いたいことがある。

「色が薄い気がするんだよね。あとはどうしても焼きムラが……」

例えて言うならそれは、パンの表面に焼き色がついていないかのような。味は美味しいけれども何かが物足りない、そんな感覚があった。

「もうこれでよくないか？」

レオは半ば投げやりだった。

「うーん」

確かに味はこれでいいような気がする。けれども。

「あともう一歩足りないものがある気がするんだよね」

料理として提供するならば完璧なものを。そう思ってしまうのは、ソラノがかつてガレットを食べたことがあるせいだろう。足りないものがある。それが何かはわからない。

ガレットの香りで満たされた厨房《ちゅうぼう》で腕を組み、壁にもたれて考えた。

「鉄板を用意してそこで焼いてみるとかはどうですか？」

「ただの鉄板でここまで綺麗《きれい》な丸を作るのは難しい」

「確かに……」

お好み焼きじゃあるまいし、生地が伸びやすいガレットでやるのは至難の技だろう。

ソラノの頭に何かが引っかかっていた。

最近、似たようなものを食べた気がする。けれどそれが何か思い出せない。

喉元《のどもと》まで出かかった何かが引っかかっているようなもどかしさに苛《さいな》まれながら、日が暮れていくのをぼんやりと見つめた。

# 【十二品目】ガレット・コンプレット

あれから結局ガレット作りは頓挫《とんざ》している。

店では一応の完成形が見えたのでこれでよしとしよう、という雰囲気が漂っていた。

しかしソラノには微妙に引っかかることがまだ残っている。

こんなことになるなら、日本にいる間にネットでレシピの検索をしておくべきだった。そんな後悔すらも胸の内を支配する。

せっかくお出しするのであれば、もっと納得のできるものを。そう考えてしまうのはいけないだろうか。だってここで出したものが、この世界でのガレットの基本形になるのだ。そんな責任重大なこともそうそうないだろう。

ソラノの脳内はいつしかガレットでいっぱいになり、夢の中にまで出てくるようになってしまった。

ガレット、ガレット、ガレット。

レシピを知らない料理を再現するのがこんなに難しいだなんて、思ってもみなかった。

今のままでも提供できるレベルにはなっている。

何せ一日を費やして、プロの料理人達と共に生地の配合を見つけ出したのだ。「これがガレットです」と言って出せば、「これがガレットか」と言って食べられるものにはなっている。しかし、

「これがガレットでいいのかな？」という思いがソラノの中にないとは言い切れない。何故《なぜ》なのだろう。

「お待たせいたしました。春野菜のグリルです」

そんな思いを胸のうちに抱えながら、春の定番メニューをカウンター席に座るデルイへと差し出すと、彼は少し困ったように眉尻《まゆじり》を下げてソラノに声をかける。

「ありがとう、ソラノちゃん。だけどこれはさっき食べたよ」

「え？　あっ」

言われて思い出してみると、確かに先ほど提供した料理と同じだ。ソラノは慌てて料理を引っ込める。

「すみません、別のメニューをお持ちするので少々お待ちください」

「いいけど、ソラノちゃんがミスをするなんて珍しいね」

「すみません……」

ガレットのことを考えていたせいで仕事に支障が出てしまった。こんなことではいけない。たまたま常連のデルイだったので笑って許してくれたが、これが新規のお客様だったらどうなっていたかわからない。

そんなソラノの様子を見て、デルイはやんわりと聞いてきた。

「なんか悩み？」

「はい、ちょっと」

手を動かしながらもソラノは曖昧《あいまい》に答えた。

「役に立つかはわからないけど、話くらいなら聞くよ」

閉店間際の時刻とあって、客の姿は他にふた組のみ。音楽も無い店内では静かな時間が流れていた。カウマンとバッシが裏で翌日の仕込みをする音と、レオがグラスを洗う音だけが響いている。

「実は黒麦を使った料理を作っているんですけど、満足ができなくて」

ソラノはポツポツと悩みを相談してみる。

「黒麦の料理？　ソラノちゃんが作ってるの？」

「はい、私がと言いますか皆で作っているんですけど。私のいた世界に美味《おい》しい黒麦の料理があるんです。ただ、肝心のレシピを知らないせいで中々再現できなくて……」

「どんな料理なのかな」

「黒麦粉の生地を丸く薄焼きにしてからハムと卵を真ん中に落として、生地の端を折りたたむんです。生地がすごく薄くってパリパリに焼けたところが美味しいんですよ。いい出来にはなっているんですけど一〇〇パーセント満足しているのかと言われたらそうでもなくって」

「なるほどね」

「生地を丸く薄く、均一に焼くのが難しいんですよ。弾力はあるけどパリパリで、紙と同じくらいの薄さなんです」

「うーん」

ソラノの話を聞いたデルイはその長い指先を顎《あご》に当て、思案顔になった。

何か心当たりがあるのだろうか。藁《わら》にもすがるような思いでソラノはデルイが何か言うのを待つ。

やがて顔を上げたデルイは、ソラノに言った。

「俺は料理のことはよくわからないけどさ、この間花祭りでソラノちゃんが食べていたケーキに似てるんじゃないかな」

「花祭りの時に？」

「うん、ソラノちゃんの同郷の人が出していた店のやつ。薄い生地が何枚も重なってなかったっけ？」

言われてソラノは気がついた。

「あ」

そうだ、そういえば。どこかで似たようなものを食べたと思っていた。

カチリとピースが嵌《は》まるような感覚。頭の中がすっきりとした。

丸くて薄くて均一に焼けた生地を何層にも重ねたあのケーキ。

「ミルクレープ！」

思わず声に出し、カウンター越しにデルイの両手を握る。

「そうだ！　ありがとうございます、デルイさん！」

「役に立てたようでよかった」

急にテンションの上がったソラノにデルイは笑みを返した。

「バッシさん！」

ソラノは後ろを振り返り、厨房で料理を作っているバッシを呼んだ。

「明日、お店に来る前にカイトさんのカフェに行ってきます！」

「おう、ヒントを掴《つか》めるといいな」

「はい！」

親指をぐっと立てながらバッシが言う。ソラノも同じポーズを返した。

＊＊＊

「えーっと、カイトさんのお店、この辺りのはずだけど」

ソラノは花祭りの時にカイトに手渡されていた紙を頼りに、中心街をうろついていた。

カイトのカフェは中心街の飲食店が立ち並ぶ区画から一本入った通りにあった。一つ道を外れるだけで随分と静かな空気になる。とは言っても決して治安が悪いと言うわけではなく、ここは飲食店で働く人々が住まうアパートが並ぶ区画のようだった。

まだ朝早い時間帯、街にはこれから仕事へと向かう人達がちらほらとアパートから出て通りを歩いている。

本日同行者はいない。ヴェスティビュールは営業日なので皆、開店に備えている。

ソラノは一人、カイトのカフェへと赴いて何かしらのヒントを得て帰ることになっていた。

とはいえ事前連絡もなく突撃訪問するので、カイトに嫌がられる可能性もある。そうなったらそうなったで、また日を改めて来る他ないだろう。

「あ、この店だ」

ソラノは目当ての店を見つけて立ち止まった。まだ開店前の時間だが、扉のガラス越しに中を覗《のぞ》いてみると人影が見えた。ソラノは躊躇《ためら》わずに扉を押し開ける。

「おはようございます！」

黒塗りの扉を開くと中はコーヒーの香りでいっぱいだった。ヴェスティビュールとは異なる一直線の長いカウンターの横にガラスのショーケース、隅にテーブルが数席。こぢんまりとしている。

内装も黒と濃い木目で統一されており、全体的に王都では珍しくスタイリッシュだった。

営業前に扉を開けて入って来たソラノに、カイトと、もう一人売り子をしていた猫耳の生えた女の子が驚いた表情を見せた。

「……ソラノちゃん？」

「営業前の忙しい時間帯にすみません。折り入って相談がありまして」

「相談？」

「はい、実は」

ソラノはことのあらましをかいつまんで二人に説明する。ソラノがエア・グランドゥールにあるビストロ店で働いていることや、店でそば粉に似た黒麦粉を使ってガレットを作っていること、生地作りに行き詰まっていて、ミルクレープから何かヒントを得られないかなど。話を聞いたカイトは納得をしてくれた。

「なるほどガレットか。確かにこの世界に来てから、そば粉に出会ったことはなかったな」

「カイトさんもそうなんですね」

「ああ。で、ミルクレープか。ケーキ作りはこっちのマノンが担当しているんだ」

言ってカイトは、隣の猫耳の女の子を見た。マノンと呼ばれた彼女は、胸を叩《たた》いて言う。

「あのミルクレープは私の自信作なの。生地作りで参考にしたいなんて、なかなか目の付け所がいいわね」

「焼き方、教えていただけますか……？」

「カイト、どうする？」

マノンはカイトを見上げて問いかけた。カイトはしばし考えてから、首を縦に振る。

「いいんじゃないか。同じ日本人が困っているなら、俺としては助けてあげたい。ガレットにも興味がある」

「ならいいわよ、教えてあげるわ」

「ありがとうございます！」

「じゃあ、開店準備もあることだし奥で早速クレープ焼くわよ」

「はい」

マノンについて厨房《ちゆうぼう》の方に入り、そこでクレープの焼き方を教わる。見慣れぬ、平たく縁がないフライパンのような鉄板と木ベラ、そしてT字形の変わった道具。

「これで焼くんですか？」

「そうよ、クレープパンっていうの。普通のフライパンだと焼きムラが出るからね。で、生地なんだけれど一晩寝かせたものを使うわよ」

マノンは冷蔵庫代わりとなっている魔法石で冷却している箱から、銀色の容器を取り出した。蓋《ふた》を開けると中にはたっぷりとクリーム色の生地が入っている。

「寝かせるんですか？」

「そうよ、そうしないと材料がうまく馴染《なじ》まないし、広げた時に薄く均一に広がらないのよ。焼いた時の色も変わっちゃうしね」

言いながらマノンは慣れた手つきでクレープパンを熱し、バターを塗り広げた後におたまで生地をすくって流す。

「あっという間に焼けちゃうから生地は素早く均《なら》すのがポイントよ」

T字のヘラをクレープパンの中心に置き、くるりと手首を返しながら円を描く。

「で、焼けたらそーっと持ち上げてひっくり返す」

すっと木ベラを差し込み、勢いをつけて返すとそこには均等な焼き色がついたクレープ生地の姿が。

「すごい、まさにプロの技ですね」

「ふふん、まあね」

褒められたマノンは嬉《うれ》しそうに胸を反らした。

「このクレープパン？　は普通に売ってるものですか？」

「問屋街に行けば誰でも買えるわよ、後で行ってみるといいんじゃないかしら」

言いながらもマノンの眼差《まなざ》しはクレープに注がれたままだった。頃合いを見計らって木ベラを差し込み、お皿に移して一言。

「はい完成よ」

「わあ、すごい！」

ソラノは出来上がったクレープ生地を見て拍手を送る。丸くいい色に焼けた生地、材料に大きな違いがあるもののそれはソラノが理想としていた出来である。

「私もやってみていいですか？」

「いいわよ、どうぞ」

少しでもコツを掴みたく、ソラノは時間が許す限りにクレープを焼いてみる。

「生地を伸ばすのが難しいですね」

「最初は丁寧に伸ばすのを心がけたほうがいいわ」

「穴が開くんですけど……」

「もっと均一にしないと」

マノンの指示により四苦八苦しながらクレープを焼いていく。出来上がりは生地がボコボコしていたし、焼きムラがものすごい。

「全然マノンさんが作ったものと違う……」

「一朝一夕でできるものじゃないわよ。私だってここまでたどり着くのに二年はかかったのよ」

「二年も？　この生地を作るのにそんなに大変な思いをしたんですか」

「お菓子職人のお祖父《じい》ちゃんの受け売りでね、本当に納得したものしか店に出さないの。ミルクレープは久々の新作だったのよ。私、レパートリーが少ないから。今は苺《いちご》が手に入らないから普通のミルクレープを出してるの」

はぁ、と感心した声を出して話を聞く。皆、何かを作り上げるのに苦労しているんだなとしみじみ実感した。レシピを知っていればできる、という単純なことではない。一つの納得した料理として店に出すには、気の遠くなるほどの研究が必要となるのだ。

「焼きたてのクレープも美味しいからちょっと食べてみて」

渡されたクレープをかじってみると、熱々のクレープは薄くて生地の端がパリパリ、けれども適度な弾力があって破けづらいというまさに理想の出来栄えとなっている。

「パリパリでモチモチですね。これが黒麦でも上手《うま》く再現できるといいんですけど」

「どうかしらねぇ。黒麦と小麦じゃあ全然違うから。でも作らないといけない状況に追い込まれた以上、作るしかないわよね」

「もう少しなんですよ。生地が上手く配合できたので、寝かせる手間とこのクレープパンがあれば完璧《かんぺき》に再現できる気がするんです」

「でも黒麦が美味しい料理に変わるなんてにわかには信じられないわ」

手を腰に当て疑い深そうにソラノを見つめるマノン。フォローを入れたのはカイトの方だった。

「黒麦に偏見がある話は聞いたけど、ガレットは美味しいよ。特に卵、ハム、チーズが入ったガレットはガレット・コンプレットと呼ばれていて有名な料理だ」

「カイトさん詳しいですね。もしかしてレシピ、知っていますか?」

「残念ながら、作るのは全部他のやつに任せていたから知らないんだ。俺はコーヒー専門、バリスタって職業」

「そうですかぁ……」

ここでカイトが正解を知っていれば話は早かったのだが、そうは問屋が卸さなかった。知らないならば、当初の予定通りにミルクレープからヒントを得よう。

何となくコツを掴んだのと開店準備の時間が来たのがほぼ同時刻で、ソラノは世話になったお礼に準備を微力ながら手伝った。

カイトの店には開店前からちらほらと客の姿が見え、入口の前で列を作っている。

「中心街からは少し外れているのに、もうお客様の姿があるんですね」

「私達の店、結構有名なのよ。カイトの淹《い》れるコーヒーと私の作るケーキが美味しいって」

「確かにマノンさんのミルクレープ、美味しかったです」

「でしょでしょ？」

マノンが金色の大きな瞳《ひとみ》を輝かせながら相槌《あいづち》を打ってくる。

ソラノは店の掃除の手伝いをしながらも店内を見回した。店は中心街に程近く、いい立地だ。花祭りの出店も結構な金額がかかると聞いていたし、ソラノには一つ疑問が浮かんだ。

「カイトさんって、この世界に来てそんなに経《た》ってませんよね。どうやってお店をやるほどのお金を手に入れたんですか？」

ソラノは店の改装時、お金がなくて苦労した。最終的にはバッシが貯金を切り崩したのだが、カイトはどうしたのだろう。

「うん？　そりゃ勿論《もちろん》、借金してだよ。最初の説明でさ、異世界人は無利息無期限で借り入れができるって話、聞かなかった？　上限いっぱいに借りてさ、それを元手に開店準備を進めたんだ」

「信じられる？　カイトってば何百枚って金貨を借金していたのよ！　まだ返し切れるほどには利益が出てないし、もうっ、何考えてんのって感じよね！」

マノンは怒っているようだったが、ソラノはそうは思わなかった。

「わかります。私も同じ手を使おうとしました」

「!?　何言ってんのよ！　あなたみたいに若い子に、店の人が借金背負わせるわけないでしょ！」

「そうなんですよ、あっけなく却下されてしまいました」

バッシに相談したところ、即答で断られた。しかしカイトは見たところ三〇代、立派な成人男性だ。誰に止められることもなく、心置きなく借金したのだろう。

「何なの、異世界の人って皆こんな考え方なの？　私がおかしいのかしら……」

マノンが我が目を疑うかのようにカイトとソラノを見比べた。

「まあおかげさまで客足も順調だし、借金の件は近々片がつくから構わないだろ」

「私には何にも言えないわ……」

「お二人はどうして一緒に働くことに？」

「カイトがカフェをやるから、お菓子職人を探していたの。それで私に声をかけてくれたってわけ」

「マノンのケーキが俺の淹れるコーヒーに一番合ってたから」

「いいコンビなんですね」

「そうなのよ、いいコンビなの」

マノンがにっこり笑って肯定する。いい人達に出会えてよかったな、と思いながらお辞儀をした。

「今日はありがとうございました」

「お安いご用よ、また来てね」

「ソラノちゃんの働く店は、エア・グランドゥールにあるんだろ？　ガレットができたら食べに行くから教えてくれ」

「はい！」

店には次々にお客様が来店していて、ソラノは接客で忙しそうな二人に挨拶《あいさつ》をして店を後にした。

中心街に設置されている時計を見ると、もう昼になる時間だった。サンドラはいないし、レオは働き始めて日が浅いので接客を長時間一人で任せるのは心もとない。ここから郊外に戻る時間を考えると寄り道をしている時間はなかった。

「明日は出勤前にクレープパンを買いに行こうっと」

ヒントは得た。道具に、生地作りのポイントに、焼き方。

出来上がりまではあと少し。

ソラノは来た時よりも大分晴れやかな気分で、春の日差しが降り注ぐ道を急いだ。


次の店休日は準備が万端だった。ちなみに最初にガレットを作ろうと考えた時から、すでに二〇日は経過している。何かをやろうと思い立ち、通常の仕事の合間に時間を見つけて縫うように作業をしていると時間の経過が早すぎる。

腰の具合が良くなりつつあるサンドラも、ガレット試食のために店に顔を出していた。

「つまり、専用の道具を使うことと生地を寝かせることがポイントのようです」

「なるほど」

「いや、寝かせることに気がつかなかったのは不覚だった」

カウマンが心底悔しそうな顔をしながら言う。

「パンで言うところの発酵だな。いやぁ、もっと早くに気づいていれば……」

「大丈夫です、気がついたのでこっちのものですよ！」

明るくソラノは言った。そう、料理を提供する前に気がつけばいいのだ。

そんなわけで前回の店休日に見つけ出した完璧な配合の生地を昨晩に作っておき、一晩寝かせたものを箱から取り出した。一応他にも数種類、配合を変えたものを用意している。寝かせたことで生地の質感や味が変わってしまっていては大変だからだ。またいい塩梅《あんばい》のものを見つけるにしても一晩を費やす羽目になり時間のロスも甚だしい。

「これを、このクレープパンで焼きます」

魔法石のコンロが四口あるのでクレープパンも四つ買って来た。使い方をマノンから教わったソラノがまず焼いてみる。

前回満場一致で決まった配合の薄茶色の生地の素。きっちりとおたま一杯分をすくい、これを熱したクレープパンへと注いでいく。生地がパンへと流れたら素早くT字ヘラで均一に広げる。この時点でもう前回までとは違いを感じた。

生地が伸びやすく、広がりやすい。

じゅうじゅうときつね色に焼けていく生地。四人はその様を静かに見守った。

木ベラをグッと差し込んで、ひっくり返す。そのまま一分、そして出来上がった生地をそっと持ち上げお皿へと載せた。

「出来た……！」

渾身《こんしん》の出来栄えだった。

薄すぎず濃すぎない黒麦本来の色味が滲《にじ》み出《で》ている焼き色。持ち上げたら向こうが透けて見えるほどの薄さなのに、破れない絶妙な厚さの生地。

人数分にして皆で食べてみる。パリッとした食感に、サックサクの歯ごたえ。口の中に広がる黒麦の独特な味わい。

「うん、これだ」

食べてみて納得した。これこそがソラノが食べたことのあるガレットに最も近しい味だった。自信を持って人に出せる味わいになっている。

「やったな」

レオが右の掌《てのひら》を差し出して来たので、ソラノも左の掌を合わせる。パシーンといい音が響いた。

「あとはここに具材を載せて焼けば、ガレット・コンプレットの完成です」

「じゃあせっかくだからこのクレープパンで焼く練習をしよう」

「四つあるから捗《はかど》るな」

「他の配合の生地も勿体《もったい》ないから焼いちまえ」

ワイワイ言いながらも、料理人カウマン、バッシと接客担当のソラノ、レオがクレープパン片手にガレット生地の作製を始めた。新たな道具を手にした料理人二人は楽しそうだった。

「寝かせたら生地が伸ばしやすくなったな」

「親父《おやじ》、生地の伸ばし方に繊細さが足りないんじゃないか。端が薄すぎる」

「俺どうよ」

「お、レオは意外にいいじゃねえか」

料理人である二人はコツを掴《つか》むとすぐに安定した品質の生地を作れるようになった。綺麗《きれい》な丸い薄焼きのガレット生地。

遅れてレオも及第点をもらう。クレープパンに載せた生地をT字のヘラでならし、くるりと円を描いていく。その手つきは繊細だった。

「レオ君ってさ、意外に器用だよね」

「まーな」

じゅうじゅうといい香りをあげて焼けていくガレット生地をひっくり返し、焼ける様を見つめながらレオが話す。

「俺、冒険者でずっと命かけたやり取りばっかしてて、街で過ごすのなんてつまんねーって思ってたんだけどさ」

「うん」

「こういう何気ないんだけど毎日の中で一喜一憂できるってのいいな」

剣の代わりにヘラをくるりと回したレオがすっきりとしたいい笑顔で言ってくる。

ソラノは自分が焼いているガレット生地をひっくり返しながら頷《うなず》いた。

「私もそう思うよ」

生地作りが思いの外うまくいったので、昼過ぎには具材を載せたガレットの作製に取り掛かる。

何度か試してみて、生地が片面焼けたらそこに具材を載せて焼けばいい、という結論に至った。

片面焼けて表面が乾いて来たら卵をそっと割り入れて、上からハムを両端に載せて上に細かく削ったチーズをふんわりとかける。

そして端を軽く折り曲げて、四角く折りたためば完成だ。

「完成だな」

「ああ」

カウマンとバッシが頷き合った。

「美味しそうじゃないか、早く食べたいねぇ」

サンドラが出来上がったガレットを見て目を輝かせている。

五人で食卓について出来上がったばかりのガレットを食べることにした。

チーズを被《かぶ》り、半熟に焼けた目玉焼きにナイフをプスリと入れる。トロッと黄身が溢《あふ》れ出した。

それをハムとカリッカリに焼けたガレット生地に絡めて、一口。

程よい塩気のある、外側はカリカリ、中心部に行くにつれてモチモチの程よい薄さのガレット生地。ふくよかな黒麦の味に包まれた、ハムとチーズと半熟卵のマリアージュ。

それは、小麦では決して味わえない黒麦ならではの力強い味。

カリッ。

サクッ。

トロッ。

そしてビヨーンと伸びるまろやかなチーズ。

渾然一体《こんぜんいったい》と口の中で混じり合い、素晴らしいハーモニーを奏でている。

最高の出来だった。

「美味《うま》い」とカウマンが唸《うな》り、

「これなら確かに美味いな」とバッシが評し、

「あの黒麦がこんな料理に変わるなんてスゲェな」とレオが目を見張る。

「何枚でも食べられそうな味だねぇ！」サンドラは初めてのガレットがお気に召したようだった。

四人は一様に驚き、先ほどから黙って食べ進めているソラノを恐る恐るといった様子で見つめた。

「で、ソラノ的にはどうなんだ？　このガレットの出来栄えは」

レオの問いかけに、ソラノは口に残ったガレットを飲み込み、弾《はじ》ける笑顔で言う。

「完璧《かんぺき》！　これぞまさしく完璧なるガレット《ガレット・コンプレット》！」

四人のおぉーっという声と安堵《あんど》のため息が漏れた。

「よっしゃ、これで店で殿下達にお出しできるな！」

「祝いに林檎酒《シードル》を開けよう、レオ、取って来てくれ」

「おうよ、バッシさん。なんだかんだ飲めてないから楽しみだ」

「あたしも林檎酒は大好物なんだよ」

すっかり祝宴モードへと突入し、ガレットを肴《さかな》に林檎酒で乾杯をした。

ぐいっと飲むと、それは林檎《りんご》の甘い味わいがする飲みやすいお酒。癖のある黒麦にぴったりのお酒だった。

ソラノは完成したガレットと林檎酒を味わいつつ、充足感に満ち満ちていた。

「王女様達の思惑通りにことが運んだら、ガレットが定番メニューになるだろうな」

カウマンが機嫌よくグラスを空けながら話す。バッシも同意した。

「あぁ。殿下達が召し上がるとなったら、また注目が集まるだろうしな」

「そういえばいつ頃お見えになるんでしょうね」

特に連絡は来ていないが、また唐突に現れるのだろうか。店にあるメニューを提供するわけではなく、ガレット用に準備が色々とあるので事前に連絡が欲しいところだが、こちらから連絡しようにもどこに取り次ぎを願えばいいのか皆目見当がつかない。店にやってきたロベールに連絡を依頼するという手段もあるけれど、一国の王子を取り次ぎ役にしていいものなのだろうかという躊躇《ためら》いもあった。

「まあ、連絡を待つしかないだろう」

「そうですね」

バッシの言葉にソラノが頷く。

ガレットは、出来た。あとは王女達の連絡を待つばかりだ。

＊＊＊

グランドゥール王国王都には中心に巨大な城が聳《そび》えている。

白亜の城は庭園に囲まれ、城自体にも蔦《つた》が絡まり、花と緑が青々と茂り、鳥や蝶《ちょう》が舞い飛んでいる。地上の楽園のようなその場所は国の中枢であり、大陸一の大国の王がおわす場所であった。

そしてその一角の庭園には魔法温室があり、フロランディーテのお気に入りの場所だった。温室内の泉のそばに設けられたテーブルセットではフロランディーテと婚約者のフィリスが向かい合って座っている。

黒麦に関する諸々の手筈《てはず》は整いつつある。

フロランディーテとフィリスは国の貿易府と農政府の大臣と話す場を設け、黒麦の輸入を国で管理する話を切り出した。新たな食物である黒麦の輸入がグランドゥール王国側にもたらす恩恵は少なくない。特異体質の問題をクリアにし、安全な食べ物であることをアピールできるのであれば、新たなる食材の流入は歓迎すべきところだ。

それにより国内にもたらされる利益は計り知れない。

それに大国グランドゥールが黒麦の輸入に乗り出したとあれば、他国も黙ってはいまい。

王女と王子の婚約を機に黒麦の輸入が活発化すれば、黒麦に興味のなかった他の国々の注目を集めることができる。黒麦の輸入を求める声が多くなれば、フィリスが先だって店で言っていたように貧困国からの輸出が増え、貧民に少しでも潤いをもたらすことができるだろう。

豊かな国もあれば貧しい国もあるのはどこの世界においても必然的な事柄だ。

世界の安寧のため、大国たるグランドゥール王国は筋道を示す義務があった。

「黒麦の国庫管理は承認されました。薬液も共に買い取り、卸す時は同時に卸すように指示がされております。貿易府と農政府、両方の大臣と話し合い決めたことになりますわ。ひとまずはオルセント王国からのみの輸入となりますので、エア・グランドゥールを介してこの国へと持ち込まれた黒麦は専用の倉庫へと持ち込まれます。そしてそこから各商会へと卸される手筈ですわ」

紅茶を飲みながら、一二歳の娘が話すとは思えないような内容の話をスラスラと諳《そら》んじていくフロランディーテ。対するフィリスも微笑《ほほえ》みながら話に耳を傾けていた。

「オルセント王国からの黒麦輸入に関しては僕の方で差配をしておいた。ひとまずはブランデル地方のレェーヴ商会の商人がこの国へと来ていたから、輸入の話を持ちかけたよ。貨物船が国を出立してから既に結構な時間が経過しているから、もうすぐこちらの国に着くはずだ」

「ええ、肝心の卸し先ですけれど、国が信頼の置ける大商会にのみ卸すということになりました。ビュイス商会、ヴァレリアン商会、ジェラニオム商会、シャムロック商会」

フロランディーテは指折り数えて王都でも屈指の商会の名を挙げていく。

「黒麦の危険性については王都民であれば一度は聞きかじったことがありますけれど、それでも知らない者もおりましょう。この薬液を事前に必ず試していただく、という条件の下に黒麦を店へ卸していただきたいと言い含めております」

「で、実際のところ計画に賛同した商会はどれほどあったのかな」

「四大商会全てに承諾をいただきました」

フロランディーテは少し自慢げに言う。

「それは凄《すご》い。大商会ともなれば腰の重い者もいるだろうに」

「大商会であるからこそ、王家の関わる事業となれば諸手を挙げて賛同するのではないでしょうか？」

「大商会であるからこそ、リスクの高い商売に手を出すのは躊躇《ためら》うものだと僕は思うよ。特に黒麦は、悔しいけれど王都ではマイナスのイメージが強いみたいだからね」

足の上で手を組み、淡々とフィリスは述べる。

「まあ前回のフリュイ・デギゼの反響を鑑みて黒麦の買い付けを決めたのだろう。無名だった店の名前が唐突に王都中で囁《ささや》かれるようになったんだから、商会としても手をこまねいて見ていては利益獲得の機会を失ってしまう」

「今回は公式訪問という形で、王家お抱えの記者も同行してお店へ参ります。お忍びのスタイルもいいけれど、それはそれで楽しみだわ」

「君はいつでも楽しそうだね」

「それはもう。フィリス様と一緒でしたらどこで何をしていても楽しいんです」

花が綻《ほころ》ぶような笑みを浮かべてフロランディーテは言った。年単位で会えずにいたのに、たった一度会っただけの自分を忘れておらず、こうして婚約者として再会して話が出来るというのはとても嬉《うれ》しいことだった。

「黒麦が流行《はや》ってくれればオルセント王国としても非常に助かる。輸出先にグランドゥール王国が挙がれば、他国も参入に興味を示してくれるだろうから。今回の件が落ち着くまではこちらに滞在出来るように調整をしてあるから、是非とも成功させたいところだね」

「ではとびきりのおめかしをして参りましょう。いつもなら帽子に隠しているこの銀髪も波打たせて、ドレスは贅《ぜい》を尽くしたものを身に纏《まと》って。殿下の衣服も仕立てましょうか？」

「やりすぎては顰蹙《ひんしゅく》を買うよ」

「あら、広告塔になるんですもの。目立ったほうがよろしいわ」

黒麦を食べて、それが美味しく安全であるという事をアピールする。そのためにはいつも店に行く時とは異なり、目立つ必要がある。記者を引き連れ、護衛を増やし、思い切り着飾れば自然に人目を惹《ひ》くだろう。事前にある程度の情報を流布することも忘れてはならない。

奇《く》しくも第一ターミナルに居合わせた人々は突如現れた王族二人の一挙手一投足に目を配り、何をしに来たのか確かめ、何を食べたのかこぞって見やる。そうすればまた噂《うわさ》になり、噂が噂を呼び、やがてまた流行となるのだ。

「流行を作り出すわよ」

「気合が入ってるね。僕としてはあと一つ、懸念事項がある」

フィリスはすっと人差し指を一本立てた。

「あら、何かしら？」

もったいぶった様子のフィリスにフロランディーテが前のめりになって尋ねる。大きな紫色の瞳《ひとみ》は好奇心で揺れていた。

「店へ確認しておきたいことがあるんだ。ガレットのレシピを公開してもらえるかどうか」

確かに、ヴェスティビュールで二人がガレットなる黒麦料理を食べたとして、そのレシピが一般に公開されなければ流行は限定的になってしまうだろう。またしてもあの第一ターミナルにある店だけが大混雑になり、そしてそこから広がる事なく流行が去ってしまう。

フリュイ・デギゼに関して言うならば、王都のレストランでも扱う店が爆発的に増えたのだが、苺《いちご》の季節が終わった途端に流行も終わりを迎えてしまうだろう。人の関心というのは移ろいやすい。一度灯《とも》した火をどこまで継続させられるのか、それが実は一番難しいことだ。

「だから僕達が店へ訪問する前に、そこはきっちり確認しておかなければいけないよ。黒麦と薬液とともにレシピも配布できるならしたほうがいい。どこでも食べられる、となれば客足も分散するだろうからね」

「そうね。私、考えが足りなかったわ。大臣達に話した際にも、『黒麦料理を食べて皆に安心と安全をアピールする』とだけお伝えして……珍しい料理であれば、詳細をもっときちんとお話ししなければならなかったわね」

「店へ確認を取った後に僕もまた大臣達のところへと行くよ」

金髪から覗《のぞ》く緑の瞳でフロランディーテを見つめて優しくフィリスは言った。

フロランディーテもしかと頷《うなず》く。

「早いに越したことはないわ。早速使いの者を出します」

下準備は着々と進んでいる。ヴェスティビュールと連絡を取り、レシピの公開を快諾していただけるといいんだけれど。お店には色々とお世話になっており、同時に迷惑もかけている。

あの人の良さそうな店の面々を思い出しながら、フロランディーテは祈るような気持ちでいた。


「フロランディーテ殿下の使いの者でございますが」

「はい、お待ちしておりました」

ソラノが身に纏っているワンピースよりよほど高価な服を着込んだ、王家からの使者が店先へとやって来たのは、ガレット・コンプレットが出来上がってから三日ほど経った時のことであった。

使者が来ることは事前に手紙にて知らされていたが、こうして対面するといよいよ公式で訪問が間近なのかと実感する。

客がいるときに話せるような内容では無いので、使者は開店前にやって来ていた。

背中に定規でも当てているかのように直立不動の姿勢をとるその使者は、仰々しい手つきで手に持った羊皮紙の紐《ひも》を解《ほど》くと内容を読み上げ始める。

殿下達が本日、直接訪問できなかったことに対する謝罪ともったいぶった前口上を述べた使者は、咳払《せきばら》いを一つした後に続ける。

「殿下達は黒麦を国で輸入管理するための手筈を着々と整えておいでです。そこで貴店には一つ、ご相談があり参上いたしました。今回の目玉であるガレットなる料理のレシピ公開につきまして」

「レシピの公開ですか？」

予想だにしてなかったことを言われてソラノは首を傾《かし》げた。使者は重々しく頷く。

「左様でございます。殿下達が召し上がる料理が人々の話題になることは必至。なれど、その料理が口にできる店が貴店ただ一つという事になれば、黒麦の流行は限定的になってしまうでしょう。商会に卸したとて買い取る店がなければどうしようもありません。是非ともレシピを事前に公開していただき、黒麦とともに普及させていただきたいのです」

「ああ、なるほど」

ソラノはぽんと手を叩《たた》いた。

「勿論《もちろん》レシピというものは料理人の宝であるということは重々承知しております。しかしそこを曲げて、お願いをいたしたいのです。黒麦の輸入を成功させたいという思いのため、ひいては貧しい国々をも助ける一大事業のためと思い、いかがでございましょう」

使者は一歩前へ足を踏み出し、こちらへずずいっと迫って来る。並んで使者の話を聞いている他の皆はどう思っているのかと顔を見た。この店の店主はカウマンとバッシであり、料理人の二人の許可なく勝手な発言はできない。そう思っていたのだが、二人は意外にもソラノの顔を見返して、そして尋ねてきた。

「どうするか？　ソラノ」

「ソラノがいいって言うんなら俺達は構わんが」

「え？　私が決めていいんですか？」

「そりゃ、ソラノが作ると言い出した料理なんだから決定権はソラノにあるだろう」

「レシピだってソラノが言った通りに作っていただけだしな」

そんなものなのだろうか。確かに言い出したのはソラノだが、苦労して作り上げることができたのは他ならぬ皆の協力があってこそだ。しかし二人と、そしてレオとサンドラまでもが同意している様子を見ればもう、それが必然の事柄のようだった。

決定権はソラノに委ねられた。

ならば迷うことは何もない。

「いいですよ」

「そうですか、やはり難しい……えっ？」

「いいですよ」

勝手に落胆し、そして驚き聞き返して来る使者にソラノは同じ言葉を繰り返す。

「元々私の世界にあった料理を再現しただけで、独占するべきものではないと思うので」

多分この世界に伝わっている料理の数々も、こうして広がっていったのだろう。ならばその一助になれるというのは壮大で面白い。そんな経験は滅多に出来ることではないし、独占したところで旨味《うまみ》はあまりないどころか、フリュイ・デギゼフィーバーの二の舞になるくらいなら王都中のレストランでガレットが食べられるようにしておいて、客足を分散させた方が遥《はる》かにいい。ガレットは持ち帰りに向いていないので、また客が殺到したら待ち時間が発生してしまい、またも空港に多大な迷惑をかけてしまう。前回はロベールの機転で花祭りに出店できたから良かったが、祭りが終わった今となっては同じ手はもう使えない。

そんな思いでレシピ公開を承諾すると、使者はホッとしたように息をつく。

「ご理解ご協力いただきまして感謝いたします。その旨しかと殿下にお伝えいたします」

「はい。なんなら今レシピ書きましょうか」

「そうしていただけるとありがたく」

飽きるほどに焼いたガレットであるのでレシピは頭に叩き込まれていたが、念のため店用に作成したレシピを見ながら書き写す。

あれほど作るのに苦労したガレットだったが、レシピに書き起こしてしまうと呆《あき》れるほど単純だった。

黒麦粉、塩、水の分量をはかる。

材料を混ぜて一晩寝かせる。

おたま一杯分をすくってクレープパンに均一に広げる。

表面が焼けたら卵を落とし、両端にハムを敷き、上にチーズを載せる。

卵の白身に火が通ったら生地の端を折りたたむ。

これだけの手順だ。

メモを手渡すと、話を聞いていたカウマンとバッシが使者に声をかける。

「メモを見ただけじゃわからないこともあるだろうから、直接調理指導をしてもいいぜ」

「店休日が週に一度あるからその日にガレット作りをしようか」

「重ね重ね御礼《おれい》申し上げます」

「何か決まったらまた教えてください」

使者は手にしたメモを大切そうに小箱にしまい、腰を折ってお辞儀をしてから去って行った。

そこからの動きは、驚くほど早かった。

城から商会を介して卸し先の飲食店に通知が行き渡り、ガレット作りに参加したい料理人がリストアップされて店へと届けられた。その数は想像していたよりも多く、とてもではないがこの小さなビストロ店に一度に収容できる人数ではなかった。

各料理店から代表参加者を一人に絞り、ガレット作りは朝、昼、夕、夜間の四部制とする。一部につき四〇人の参加、計一六〇人の参加となる。それでもこの王都中のレストランの数からすればほんの一部であるが、今回はそもそも卸し先の商会が絞られている上にその商会の方でも納品先のレストランを厳選しているようだった。

万が一にも、お客様が体調に異常をきたすようなことがあってはならない。

きちんとした信頼の置ける店にのみ黒麦が卸されることとなっている。

真剣にガレットの作り方に耳を傾けるシェフは名だたる料理店の人々ばかりらしく、カウマンとバッシは珍しく緊張していた。中にはバッシの前職場である『女王のレストラン』のシェフまでもがいた。

黒麦のガレット騒動は続いていく。

ガレットを焼くために各店でクレープパンが買い求められ、一時的に品切れを起こした。工房はフルスロットルでクレープパンを作製し続け、特需が巻き起こる。

黒麦の輸入はすでに国の方で管理されており、国を通さずに各商店へと卸された場合は厳罰に処される。第一便はオルセント王国のブランデル地方のものがエア・グランドゥールより大量に納品され、それが国の管轄する倉庫へと運ばれて行った。王子と繋《つな》がりがあったレェーヴ商会のものが使用されることとなり、他の商会のものに関しては貿易府の方で現在精査中とのことだ。

この騒動は水面下で起こっているわけではなく、むしろ王室主導で話題になるよう煽《あお》られている。王女の婚約者の祖国で食べられている黒麦が、王都で珍しい料理となって食べることができる。なにやら二人は思い出深いエア・グランドゥールのビストロ店へ行き、その料理を口にするらしい。危険な食べ物かと思っていたけれど、どうやら食べる前に黒麦が体質に合うかどうかの確認ができるらしい。

さすがに王女達の来訪日時が流出することはなかったが、それでも店の周りにはエア・グランドゥールの利用客でない人々の姿がチラつくようになった。

黒麦のイメージは変わりつつある。

貧民国で食べられる粗野な食べ物、食べると体調が悪くなる恐れがある毒のような食べ物というイメージから、ごく限られた一部の店でしか食べられない貴重な食べ物というふうに人々の意識の中に刷り込まれていった。

「バタバタしてるなぁ」

「そうですね」

店はガレット提供の準備を進めつつも通常営業をこなしていた。季節は着々と進み、すでに夏も近くなっている。黒麦騒動の熱気と相まって、王都は例年よりも暑いくらいだとはバッシのセリフである。まだどこの店でも提供を開始していないというのに、新たな食材である黒麦は王都で若者を中心に注目の的となっていた。

王女達の来訪を皮切りに各店で売り出しを開始する予定のガレットを、一度は食べたいと皆が噂をする。

そんな大騒動の中心に店があろうとも、日々は変わらずに過ぎていくし、ソラノ達は来るお客様に満足のいく料理を提供するだけだ。

「黒麦に先駆けて林檎酒《シードル》とソーダの注文が殺到しているとアルジャーノンさんが言っていました」

「急ぎオルセント王国から続々と貨物船が向かってきているらしいな」

仕事の合間にソラノとバッシがそんな会話を交わす。

「王女様達の来訪が楽しみですね」

「ソラノちゃんは緊張するということが無いのか……王家御用達《ごようたし》の記者を随伴した正式訪問だぞ、俺は少し胃がやられる」

胃のあたりを巨大な掌でさすりながらバッシが言った。ソラノは元気付ける。

「大丈夫ですよ、ガレットの出来は完璧《かんぺき》です。いつも通りに作れば何の問題もありません」

何度も繰り返し作ったガレットはどこに出しても恥ずかしくない出来となっている。

「あとは王女様達の来訪を待つだけですね！」

＊＊＊

その日、空港はにわかに騒がしくなった。

第一ターミナルへと着港した船は常ならば空港の利用客を乗せているが、今しがた到着した船には客と呼べる人間は二人しか乗っていない。

即ち、グランドゥール王国の王女フロランディーテとオルセント王国の王子フィリス。

残りの乗客は二人の護衛であり、あるいは従者や侍女であり、王家お抱えの記者である。

舞踏会に出る程には華美でなく、かと言って普段着るには豪奢《ごうしゃ》な衣装を身に纏《まと》った二人は真っ直《ます》ぐ第一ターミナルの隅にある店へと向かった。

店の名は、ビストロ　ヴェスティビュール。

二人が非公式に再会した場所であり、此度《こたび》の噂となっている黒麦料理を真っ先に提供する店であった。

「いらっしゃいませ、お待ちしておりました」

店先で待ち構えていたソラノが二人に向かって頭を下げる。この日、この時間帯だけは店は貸切の状態となっている。不測の事態を避けるためには当然の措置だった。

「こんにちは、お邪魔するわね」

「はい」

声をかけたのはお忍び姿のフローラではなく、国の王女であるフロランディーテだ。腰までの長い銀の髪をなびかせて、背筋を伸ばしドレスを纏う彼女は、幼いながらに紛れもなく一国の王女の威厳を感じさせた。そして隣に並び立つフィリスもまた、初めて店に訪れた時と同じく王子然とした佇《たたず》まいだった。

二人は店へと入っていき、指定された席へと座る。続いて入って来る記者や護衛を気にすることなく料理が出て来るのを待った。

「お待ちの間にこちらで体質のご確認をお願いいたします」

二人は既に黒麦を食べたことがあるので問題がないのはわかりきっているのだが、これはデモンストレーションのため省略できない。薬液と黒麦粉を混ぜ合わせたものを小皿に入れて、小さじと一緒に渡す。

「この液体で何がわかるのかしら」

「もしも黒麦がお体に合わない場合、液を垂らしたところが赤く反応いたします。反応がなければ問題がない、ということになります」

予め決められていたやりとりを行うと、記者が熱心にメモを取る。

二人はそれを手の甲に垂らすとしばらく見つめ、「何も起こらないようね」と笑顔で言う。

「液体の有用性は実証されているのでしょうか？」

料理ができるまでに待ち時間に記者がフィリスに尋ねる。彼はここに王女のエスコート役だけではなく、国を代表して黒麦に関する事柄を答えるために来ていた。

「ええ、国の学者と錬金術師とが協力して開発した液体です。国では黒麦に耐性のある人間ばかりなので、近隣諸国の黒麦を主食としていない国にも協力を仰いで開発にこぎつけました」

「既にグランドゥール王国でも実証済みですわ。城で勤める者の何名かは薬液で赤く反応を示しましたの。残念ながら黒麦が食べられない、ということになりますわね」

そうして待っていると運ばれて来る、ソラノ達が苦労の末に完成させた黒麦料理。

「お待たせいたしました、ガレット・コンプレットです」

美しく焼き色がついたガレット生地の端が折りたたまれ、中にはチーズをふりかけた半熟の卵とハムが見え隠れしている。塩胡椒《しおこしょう》のみで味付けのされた、極めてシンプルな料理、ガレット・コンプレット。

そのシンプルさ故に地球上では長く愛され親しまれている料理だ。

フロランディーテとフィリスはナイフとフォークを持ち、美しい所作でガレットに切り込みを入れた。

サクッ。

焼きたてのガレット特有のいい音がする。

じわ、と溢《あふ》れる黄身を絡めて、伸びるチーズを丁寧に切り取った。

そして、口へと運ぶ。

もぐもぐと口を動かす二人を、固唾《かたず》を呑《の》んで見守るヴェスティビュールの面々と記者、そして護衛にお付きの人達。

皆の注目を一身に浴びた二人はやがてごくんと飲み下し、そして笑みを浮かべた。

「うん、美味しい。食べ慣れた味がこんなにも変わるなんて思ってもみなかったよ」

「ハムとチーズと半熟卵のまろやかなハーモニーがこの黒麦で包まれていて、いくらでも食べられそうな味になっていますわ」

満足げな顔で言いながら食べ進めていく二人を見て、ソラノもホッとした。

ガレット・コンプレットを二人が口にするのは今日が初めてだったので、どんな反応をするのかわからなかった。勿論《もちろん》ここまでの舞台を仕組んだ手前、たとえ味覚に合わずとも「不味《まず》い」と言うようなことはないだろうが、それでも反応は気になる。できることなら心の底からの「美味しい」という言葉を引き出したいのが、苦心してガレットを再現した者としての本音だ。

どうやら無事に成功したらしい。

その証拠に二人が浮かべる表情は、初めて店でフリュイ・デギゼを食べた時のそれと瓜二《うりふた》つであった。

合わせて提供した林檎《りんご》のソーダに手を伸ばし、乾杯をする二人。

「黒麦には林檎の飲み物がよく合う」

「ええ、爽《さわ》やかで甘い飲み口が、独特な味わいの黒麦にぴったりですわ」

二人は和やかな雰囲気でナイフとフォークを持ち、時折かけられる記者からの質問に答えつつもガレットを食べ続ける。

「では、最後の質問になります。こちらのお料理はこの店でのみ食べることが出来るのでしょうか」

「いえ、黒麦を国で管理して四大商会へと卸し、そこから各飲食店へと卸す予定になっていますのでそちらのお店でもいただく事ができますわ」

「詳しくはリストがあるからそれを参考にして欲しい」

和やかな食事時間は過ぎていき、二人は丁寧に店の者に挨拶《あいさつ》をすると再び飛行船に乗り込み王都へと帰っていった。

過ぎ去ればまた、いつもと同じく営業が始まる。

その後に来店した客は王女達の訪問を目撃していた人ばかりで、当然のようにガレットの注文が殺到した。

＊＊＊

「号外ーっ！　フロランディーテ様とフィリス様が新作黒麦料理を召し上がった情報だよ！」

「ガレットという料理についてついに詳細が発表されたぞ！」

翌日には緊急発行された新聞号外にて、フロランディーテとフィリスのビストロ　ヴェスティビュール訪問と、新しい黒麦料理ガレットを召し上がったという内容が王都中に配られた。声を枯らして新聞を配る新聞屋とそれに群がる王都民の姿がそこかしこで見られ、郊外も例外ではない。

「おじさん、私にも一部ください」

「あいよ！」

出勤途中のソラノは新聞をなんとか手に入れて、飛行船の中で読みふけった。

新聞にはガレットに関する仔細《しさい》な情報が載っており、二人が向かい合い仲睦《なかむつ》まじくガレットを食べている姿が描かれている。

黒麦を口にした時の体調不良がごく少数の限られた人にのみ起こること、薬液で事前に体質を調べられること。ガレットがどんな料理でどのような材料を使っているのかが絵付きで説明され、王都でガレットを食べることができる料理店がリストアップされている。

「おはようございます」

エア・グランドゥールに着いたソラノが店に入ると、すでに全員集まっていた。カウマンとバッシとレオ。多少動けるようになったサンドラも来ている。

「新聞、読みました？」

「当然よぉ、ねえ、アンタ」

「おう、サンドラの言う通り、出勤途中に一部手に入れて読んだぜ」

「俺も親父から借りて読んだ。店の講習を受けに来た、名だたる料理店ばかりがリストアップされてたな」

「俺読んでねえや。ソラノ、読ませて」

「はいどうぞ、レオ君」

ソラノが手渡すと、レオが内容に目を通す。その隙にカウマンが本日の賄いを用意してくれた。

「今日の賄いは当然、ガレットだ」

「ガレットづくしですね」

「きっとしばらくはこればかり注文されるだろう」

「ヴェスティビュールだけじゃなくて、王都中のお店でガレットの注文が殺到するんでしょうね」

ソラノはガレットを食べながら、これからガレットブームが起こるんだろうなと思いを馳《は》せる。

カウマンが焼いたガレットは完璧で、とても美味しかった。

フロランディーテとフィリスの思惑はあたり、王都における黒麦の需要は爆発的に上がった。

まさにブームと言っても過言ではない状況が出来上がり、ガレットが食べられる店にはどこも行列が作られた。

ガレットの発祥店として二人の公式訪問を受けたヴェスティビュールも、当然のように恩恵に与《あずか》り、店は連日ガレットを求めるお客様でいっぱいである。

それでもフリュイ・デギゼの時よりもマシなのはここが王都の外れ、しかも空の上に浮かぶエア・グランドゥールに存在する店であり、交通の便が悪すぎるせいだった。今回は同じ料理を王都の中心街の有名店でも食べることが出来るので、手軽さを求めてそちらに行く人々も多い。

事情を何も知らない、他国から飛行船でエア・グランドゥールへとやって来たばかりである旅行客が店に入ると、見慣れぬ同じ料理ばかりを客が食べていることに面食らって事情を聞いてくる。そして状況を理解すると、「じゃあそのガレットとやらをもらおう」となり、やはりガレットばかりに注文が入った。

しばらくの間はガレット以外の料理をほとんど作らなくても良さそうで、バッシは「腕が鈍《なま》りそうだ」と渋面を作っていた。

体質により深刻な異常をきたしたという話も聞かず、ひとまず黒麦の販売は成功したと言っていいだろう。

「皆様のおかげです、ありがとう」と感謝の気持ちを述べた手紙が王宮より使者の手により運ばれて来て、恭しく差し出されたので粛々と受け取った。

「上手く行ってよかったですね」

「ええ、皆様のおかげでございます。本当にありがとうございます」

「お姉ちゃん達、ありがとうございました」

カウンターに並んで座っているのは狐人族のアーノルド親子三人だ。小さなアーノルドは行儀よく座ってその狐《きつね》の頭をぺこりと下げる。横に座る夫妻も深々とお辞儀をした。

「ご無理を聞いていただきまして深く感謝しております。このガレットという料理も、たまらなく美味で」

三人は早速ガレットを注文して食べていた。

生地がサクサク、黄身がじんわり、チーズとろーりのガレットは三人の口にも合ったらしく、至福の表情を浮かべながら食べていた。アーノルドなどあっという間に平らげて、おかわりをしたそうに母親の顔を窺《うかが》い見ていた。今は二枚目にありついて幸せそうだ。

苦労して作った料理をこうして美味しそうに食べてくれるのを見ていると、「頑張って良かったな！」と思う。ソラノは料理人ではないけれど、こういうのを料理人冥利《みょうり》につきると言うのだろう。

「三人はまだこの国に滞在するんですか？」

「ええ。黒麦の輸出入の調整がまだありますので。またお店に立ち寄らせていただきます」

「お待ちしております」

しばらく王都はこの新しい料理の話題で持ちきりになるだろう。

ブームを作る一助となれたというのは中々に得難い体験で、ソラノとしても大変だが楽しいひと時を過ごすことができた。

狐人族の親子三人が並んで美味しそうにガレットを食べる様を見ながら、ソラノは次々に注文を取り、焼き上がるガレットを運び続けた。

#【終章】パンペルデュ——そしてまた新しいお客様——

「うん、ガレット美味《うま》い」

「黒麦がここまで美味《おい》しい料理になるなんて、驚きよ」

「ありがとうございます。カイトさんとマノンさんのおかげです」

テーブル席でガレットを食べるカイトとマノンに向かってソラノは礼を言った。

「お二人のおかげで完璧《かんぺき》なガレットが作れたので、今日はお代は要らないと店長が申していました」

「なら、ありがたくご馳走《ちそう》になろうか」

「話題のお店の料理がタダで食べられるなんてラッキーね」

ニコニコしながらガレットを食べる二人。ソラノはカイトに、黒麦を初めて見た時から考えていたことを口にする。

「実はですね、カイトさんにもう一つお願いが……」

「何だ？」

「私と一緒に、今度蕎麦《そば》を作りませんか？」

するとカイトはガレットを食べる手をぴたりととめ、真剣な眼差《まなざ》しでソラノを見た。

「いい考えだね」

「でしょう」

ソラノは神妙な面持ちで頷《うなず》く。

この世界に来てから、数ヶ月。その間ソラノは日本食を口にしていない。

もちろんカウマン達の作る料理は文句なく美味しいのだが、それでもソラノはそろそろ日本食が恋しくなっていた。

懐かしい蕎麦の香りを嗅《か》いだ時、ソラノの本能は故郷の味を求めてしまったのだ。鰹節《かつおぶし》と昆布で取った出汁《だし》と、醤油《しょうゆ》と味醂《みりん》の奏でるハーモニー。蕎麦つゆにつけてつるりと食べる蕎麦の味。

ソラノは蕎麦が食べたかった。今すぐに。ソラノは拳《こぶし》を握りしめ、力説した。

「ガレットのレシピが再現できたので、蕎麦もきっと作れるはずです！」

「蕎麦を作るのは難しいけど、やってみよう。俺も蕎麦が食べたい」

「何、また何か変なこと始めるつもり？」

カイトの向かいでガレットを食べるマノンはジト目でカイトを見つめる。

しかしソラノとカイトの意志は固かった。出会ってから共に過ごした時間は短いが、異世界に突然迷い込んだ日本人同士、意思疎通は速い。ソラノはもう決めていた。絶対に蕎麦を再現してやろうと。

「ガレット騒動が落ち着いたら、是非！」

果たしてソラノが無事に蕎麦を作れたのかどうか。それはまた別の話である。

「おいソラノ、いつまで話し込んでるんだ。接客しろよ」

「レオ君、ごめん。ではカイトさんにマノンさん、ごゆっくりどうぞ」

すっかり店に馴染《なじ》んでいるレオがすれ違いざまに声をかけて来たので、ソラノは再び接客に戻った。

店の中は黒麦のガレットを頼む客が、昼夜を問わずひっきりなしに訪れている。

客の数が多くなり店の中に入りきらなくなってしまったため、急遽《きゅうきょ》店前に椅子を並べて待ち場所を作ることになった。これに並ぶのは庶民ならば本人が、富裕層ならばお付きの人々と相場が決まっていた。

人に並ばせて自分は優雅に待つというのはソラノからすれば信じられないことだったが、身分が高い人にとっては普通のことらしい。

ランチにガレット。

ティータイムにガレット。

食前酒と一緒にガレット。

メインディッシュにガレット。

飲んだ後の〆《しめ》にガレット。

重さのないガレットはどんな時間に食べるにもぴったりで、一度は食べてみたいお客達がこぞって同じものを注文する。

クレープパン四台で、サンドラを除いた四人が作れるために提供も素早かった。

意外にもガレット作りが一番上手《うま》いのはレオだった。均一に伸ばした生地、真ん中に乗った卵、折りたたんだ時の四角四面な形。全てにおいてパーフェクトだった。

「木ベラの返し方が剣を使う時に似てる」

と言っていたので、どうやら冒険者時代の技が活《い》きているらしい。

ちなみに一番下手くそなのはソラノだ。ソラノは給仕係としての仕事を優先しているため、ガレット調理にはあまり参加していない。

ソラノが言い出して作ることになった料理なのに、一体どういうことなのだろうかと思わないでもないが、これればかりは仕方がない。世の中には適材適所という言葉があり、看板娘のソラノはガレットを作るよりもやらなければならないことがある。ちなみにレオも基本的には接客担当だ。若くて見た目がいい二人は店の前面に出て頑張っている。

そしてこのガレットブームは、店にちょっとした問題をもたらした。カウマンはとある夜、店内で腕を組み、渋い顔を作っていた。

「バゲットが余る」

「これだけガレットばかりが売れるとそうなりますね」

ソラノは相槌《あいづち》を打つ。客のほとんどがガレットを注文しているのだから、バゲットが余るのも当然だ。

「焼く量を減らしているんだが、それでもまだ余る」

「翌日に販売を回したらどうでしょうか」

「ダメだ！　俺の作るバゲットは焼いたその日が一番うまい。翌日に回したらパサついて味が落ちちまう」

「そうですか……」

料理人としてのプライドがそれを許さないとあれば仕方がない。何か他の方法を考えるべきだ。

そして店内には、ガレットを美味しそうに食べるデルイとルドルフ、ロベールの三人の姿があった。

「黒麦がこんなに美味いとは思わなかったよ。ソラノちゃんのお手柄だね」

「お気に召していただけて何よりです。でも、あの時ミルクレープのことを思い出せたのはデルイさんのおかげです」

「助けになったなら何より」

デルイがナイフとフォークを使い、ガレットを切り分けながら上機嫌に言った。

「ルドも珍しく魚以外のもの食えてるし」

「別に魚しか食べないわけじゃない」

「もう一枚ぐらい食ったら？」

「一枚で十分だ」

「私はビーフシチューも追加でもらおう」

ロベールは相変わらずたくさん食べていた。

「いいなぁ、皆様ガレットが食べられて……」

皆がガレットで舌鼓を打っているのを羨《うらや》ましそうに見つめつつ、商業部門の事務職員であるアーニャが唇を尖《とが》らせる。頭部から伸びている白いウサギの耳が、途中から折れ曲がって元気なく下を向いていた。

「ねえソラノ、本当に食べたらダメかしら。せめて一口」

「アーニャは薬液で反応が出ちゃったから……一口でも具合が悪くなる方もいるし、やめておいたほうがいいよ」

「もうーっ」

至極残念そうな顔をしたアーニャは、目の前の林檎酒《シードル》のグラスを持ち上げる。

デルイ達もガレットに合わせて林檎酒を頼んでいた。

アーニャはどうやら黒麦にアレルギー反応があるらしく、皆がこぞって食べているガレットを食べられなかった。これればかりはどうしようもないことだ。空港には回復師が常駐しているとはいえ何かあったら取り返しがつかないし、毅然《きぜん》とした態度で断る他ないだろう。

ガレットを早々に平らげたロベールが、ソラノが追加で提供したビーフシチューを食べ始めた。

「花祭りの時といい、今回といい、フローラが世話になった。あれほど行動力のある妹だとは思っていなかったから驚いたが……迷惑をかけたな」

「いいえ、お店の宣伝にもなりましたし楽しかったです。こちらこそ、ロベールさんにはお世話になりました。花祭りの臨時出店の許可のおかげで、店にお客様が殺到し続けずに済みました」

「そう言ってもらえると助かる」

「可愛《かわい》らしいだけじゃなく、ロベールさんに似て聡明《そうめい》な妹さんですね」

「だろう？　賢さは家庭教師もお墨付きだ。愛らしさと賢さと大国の姫ということで婚約者を決める際も引く手数多《あまた》だった」

妹を褒められたロベールは満足げである。

「今度、エアノーラと共に他店で提供しているガレットを調査しに行くつもりだ」

「でしたら、他のお店がどんなガレットを出しているのか教えてください」

「お安い御用だ」

花祭りの時期は会食会食会議会議と忙しそうだったロベールだが、今は空港が落ち着いている時期なので余裕がありそうだった。これからしばらく、冬になるまでは空港は比較的閑散とした状態が続くそうだ。どこの世界のどんな場所にも繁忙期と閑散期がある。

しかしヴェスティビュールに関して言うのなら、職員と、今はガレット食べたさに王都からも客がやって来るため相も変わらずの繁盛具合だった。嬉《うれ》しい悲鳴である。

「ねえ、せめてガレットが食べられないなら代わりのものが食べたいわ」

一連のやり取りを羨ましそうに見つめていたアーニャが、ため息をつきながら言った。涙目でカウンターに載っている自身の料理を見つめている。アーニャが頼んだのはグラタンで、新じゃがいもを使ったチーズたっぷりの店自慢の一品なのだが、彼女の顔は不満そうだ。

「グラタンも美味しいでしょ?」

ソラノはアーニャを慰めるつもりで言ったが、彼女は青い大きな瞳《ひとみ》をくわっと見開いて反論してきた。

「グラタンも美味しいけれど、私は今話題のお料理が食べたかったのよ！　何か代わりになるような、もう一つの看板メニュー的なものはないの⁉」

「そんな無茶な……ガレットだって、ものっっっすごく苦労して作ったのに、そんなすぐにもう一つ看板メニューが作れるわけないでしょ」

「ううう、そうだけど、そうかもしれないけど。でもでも、私はガレットが食べたいのよう！　『ガレットは食べられないけど、代わりにこっちがあるからいいかな』って思えるようなお料理を出してよう！　ねえ、できないとは言わせないわ！　ソラノならきっとできるでしょう⁉」

「クレーマー？」

「違うわよ！」

気持ちはわからないでもない。これだけ話題になっているのだから、食べたいだろう、ガレット。皆と感想を分かち合いたいだろう。

やりとりを聞いていたカウマンが、カウンターの後ろからぬっと顔を出してきた。

「アーニャちゃん、代わりにバゲットサンドはどうだい？」

「このお店のバゲットサンドは好きだけど、そうじゃなくって！　ていうか今日のお昼にもう食べたわ」

「実はガレットばかりが注文されるから、バゲットが余って困ってるんだ。デルイの兄さん達もどうだ」

「残念だけど、バゲットはまた今度かな」

「すみません、カウマンさん」

「そうか……」

デルイとルドルフにやんわりと断られ、カウマンはあからさまにしゅんとした。

ロベールは手を挙げた。

「私はバゲットもいただこう」

「さすがは殿下！」

「カウマンシェフ、店にいる時、私のことは名前で呼びたまえ」

「さ、さすがはロベールさ……いや、無理です殿下……」

「ロベールさん、バゲットをどうぞ」

「ありがとうソラノ」

ロベールを名前で呼ぶことに何ら抵抗がないソラノがバゲットを出すと、ロベールが早速バゲットをかじる。カリッといい音がした。

「ソラノ、ガレット焼き上がったぜ」

「はい、バッシさん」

バッシが焼き上げたガレットをソラノが受け取り、カウンターから出て他のお客様のテーブルへと持っていく。アーニャは非常に羨ましげな目でガレットを見つめてから、がくりと肩を落とした。

「あぁぁ、どうして私は黒麦が食べられないのかしら……」

金髪から伸びた白いウサギの耳が元気なく下を向いていて、あからさまに落胆する様を見ているとてもかわいそうになってくる。カウマンはカウマンで、「バゲットの仕込み量、もっと減らすか……」と呟《つぶや》いており、背中には哀愁が漂っていた。

ガレットブームの裏側で悩む二人を見て、どうにかできないものかなぁとソラノは考えを巡らせた。

「あ」

ふと、閃《ひらめ》く。

ガレットの代わりになって、余ったバゲットをどうにかする料理。

ソラノはカウンターの中に入ると、カウマンとバッシの間に割って入った。

「ねえ、カウマンさんバッシさん。ちょっとお尋ねしたいんですけど、フレンチトースト作れますか？」

「なんだそりゃあ」

カウマンがキョトンとした顔をする。まさか、フレンチトーストもこの国にはないのだろうか。嫌な予感がソラノの脳裏をよぎった。

「パンを卵と牛乳に浸してから、バターで焼く……」

「あぁ、パンペルデュか」

ソラノの説明を聞くと、バッシが理解してくれた。

「パンペルデュって呼ぶんですか」

「そうだ。『女王のレストラン』じゃあ、賄いでよく作ったな。余り物の少し乾燥してきたパンを使うと、卵液をよく吸い込むからしっとりとした出来になって美味いんだ」

バッシが答えると、カウマンはハッとして顔を上げた。

「なるほど、それか」

「ええ、それです」

カウマンの言葉に、ソラノは同意した。バッシもあぁ、という顔をした。

「おい、追加でガレット四つ入ったぜ！」

客の注文を取ってきたレオの言葉を、アーニャは聞きたくないとばかりにウサギ耳を掴《つか》んで内側に丸め込む。ソラノはカウンターから身を乗り出し、そんなアーニャを励ますように声をかけた。

「アーニャ」

「何よう」

「ガレットの代わりの料理用意できそうだから、明日また来てくれる？」

アーニャはおずおずと上目遣いでソラノを見上げた。

「本当に？　信じるわよ？」

「うん、任せて。カウマンさん達が美味しい料理作ってくれるから」

＊＊＊

翌日の昼に、アーニャが店の扉を抜けてカウンター席まで真っ直《ます》ぐにやって来た。半信半疑といった顔つきで席に着くと、待ち構えていたソラノに言う。

「約束通りに来たわよ！」

「いらっしゃいませ、アーニャ。お待ちしていました」

「さあ、ガレットの代わりに何を出してくれるのかしら？」

「その前に、甘いのとしょっぱいの、どっちがいい？」

「え……じゃあ、甘いの？」

「わかった。カウマンさん、甘い方でお願いします」

「はいよ」

アーニャは、カウマンが一体どんな料理を出してくれるのかと、カウンターに座りながら厨房《ちゆうぼう》を覗《のぞ》き込んでいた。カウマンは店の奥の冷蔵庫代わりの箱から金属のバットを取り出した。

「それは何？」

「バゲットを卵液と牛乳を混ぜたものに浸しておいたんだ。これをフライパンで焼いていく」

カウマンは卵液と牛乳をふんだんに吸い上げたバゲットをふた切れトングでつまむと、バターを引いて熱したフライパンに載せた。

じゅうじゅうと音を立ててバゲットが焼けていく。

弱火で焼かれたそれが段々と香ばしい香りをあたりに漂わせると、猜疑心《さいぎしん》に満ちた目を向けていたアーニャの顔がだんだんと変わっていく。

「いい香り……！」

片面が焼けてカウマンがバゲットをひっくり返した。ところどころにいい焼き色がついたバゲットのもう片面もじっくりと火を通し、頃合いを見計らってお皿へ。ホイップクリームと苺《いちご》を添え、シロップをかければ出来上がりだ。

「お待たせしました、パンペルデュです」

「わあ、そう来たのね！」

アーニャが歓声をあげる。ソラノの隣にやって来たカウマンが、にっこり機嫌よく笑った。

「バゲットが余り気味で困っていたんだが、これならちょうどいい。作りたてのバゲットよりも少し乾燥しているバゲットの方がパンペルデュには向いている」

パンペルデュ。

日本で言うところのフレンチトーストだ。

ソラノが「フレンチトーストですよね？」と聞くと、「これはパンペルデュ」との答えがカウマン一家から返って来たので、ここではパンペルデュと呼ぶらしい。

「早速いただきまーす」

アーニャがパンペルデュにナイフを入れる。ふわっと柔らかい感触のパンを切ると、ジュワッと染み込んだ卵液の香りが一層あたりに漂った。

口に入れ、噛《か》み締《し》める。

目を瞑《つぶ》ってその味を存分に堪能すると、アーニャは悶絶《もんぜつ》するような表情を浮かべてカウマンを見つめた。

「カウマンさん、このパンペルデュ最高！」

「そりゃよかった」

「液の浸り具合が丁度いいの。グズグズしすぎてなくて、けどしっかりと卵と牛乳の味が染み込んでいて。クリームとフルーツとも合うわ！」

「ガレットの代わりになりそう？」

「そうね、これなら十分満足だわ！」

アーニャがパンペルデュを良い顔で食べているのを見て、ソラノは厨房のカウマンとバッシを振り仰いだ。

「ガレットにパンペルデュ。ランチにぴったりの軽めのメニューが決まりましたね」

「ああ。具材を変えれば飽きもこないだろうし、当面これでいけるな」

これでこの国には当面、黒麦が供給され続けるだろう。上手く料理が根付いてくれればいいが、それはまた別の話だ。

ひとまずガレット作りが落ち着いたところで、ソラノはまたも店にやって来たお客様をもてなすべくカウンターの外に出る。

今日も今日とて姿を現したのは騎士の二人、そして後続でエアノーラとロベールがやって来た。

アーニャはエアノーラの姿を見るなり、それまでのパンペルデュを食べて浮かべていた至福の表情を引っ込め、顔を強張《こわば》らせた。

「ぶ、部門長だわ……」

一方ソラノは、エアノーラの来店に俄然《がぜん》、張り切った。ぞろぞろ入ってきた顔馴染《かおなじ》みの客の応対をすべく、店の前で待ち構える。

「いらっしゃいませ、皆様。デルイさんとルドルフさんはカウンター席ですよね。ロベールさんとエアノーラさんは、どうされますか?」

「私達もカウンターで良い」

「では、どうぞ」

ロベールの言葉に、四人は店を突っ切って空いているカウンター席に横並びになって座った。ソラノは果実水とメニュー表を配りつつ、エアノーラへと話しかける。

「エアノーラさんの来店をずっとお待ちしていたんです。以前におっしゃっていた『軽めのメニュー』が出来上がったので、是非お召し上がりください」

「ガレットでしょう?」

「ガレットだけじゃないんですよ。丁度ここにいる、アーニャが食べている料理をご覧ください」

ソラノが促すと、エアノーラと、興味をそそられたらしい残りの三人の視線がアーニャの食べている料理に注がれた。いきなり注目を浴びたアーニャは、落ち着かなさそうだった。

エアノーラは口の端を持ち上げる。

「ガレットと、ガレットを食べられないお客様向けのメニューと、どちらも考えたってわけね」

「その通りです。エアノーラさんは本日、どちらを召し上がりますか？　ちなみにパンペルデュは、甘いものと甘くないものの二種類がご用意できます」

「そうねえ。パンペルデュも気になるけれど、やっぱりまずはガレットにするわ」

「ならば私がパンペルデュをもらおう。甘くないもので頼む」

エアノーラの言葉を受けたロベールがそう注文をしたので、ソラノは頷《うなず》いた。

「はい、かしこまりました。デルイさんとルドルフさんはいかがしますか？」

「殿下と同じで」

「僕も殿下と同じでお願いします」

「はい」

ソラノはガレットと、三人分のパンペルデュの注文を書きつけた。

「カウマンさん、ガレット一つとパンペルデュ・サレ三つです」

「おし、おし。バゲットが順調に減っていくぜ。バッシ、ガレット頼む」

「おう」

カウマンは注文を聞いて機嫌良くバゲットを取り出す。

卵液に漬け込んだバゲットをフライパンで焼くところまでは同じだが、その後、バゲットを皿に移してから同じフライパンで厚めに切ったハムを焼く。上にはチーズも載せて、チーズがとろけ始めたらハムもろともにフライ返しですくい上げてバゲットの上へと載せる。

サラダを盛り付けたら完成だ。

「ガレットも出来上がったぞ」

ほぼ同じタイミングでバッシがガレットを焼き上げたので、ソラノはカウンターに並ぶ常連客へと料理を提供していく。

「お待たせいたしました、ガレットとパンペルデュ・サレです」

カウンターに並ぶ出来立てのガレットと、甘くないパンペルデュ、パンペルデュ・サレ。サレは「塩」という意味らしく、甘くないおかず系のケーキなどにも使われる。ケーク・サレ、パンペルデュ・サレなどなど。今回はパンペルデュ・サレだ。

ソラノはガレットを切り分けて食べるエアノーラを注視し、感想を尋ねた。

「エアノーラさん、いかがでしょうか」

エアノーラはゆっくりとガレットを味わってから、唇を弧に描く。

「……美味しいわ。評判になるのも納得ね。それに、これならランチに食べるのに丁度いいボリュームだわ」

そう言われ、ソラノはホッと胸を撫《な》で下《お》ろす。ここのところずっと頭を支配していた悩み事の全てが取り払われた気持ちであった。ソラノは次に、パンペルデュ・サレを食べている三人へと話しかける。

「パンペルデュ・サレはいかがですか？」

この問いに、真っ先に答えたのはデルイだった。

「美味しいね。卵液に浸《つ》かってる分、ガレットよりもボリュームがあるから食べ応えがある」

「これはこれで、林檎酒《シードル》にも合いそうですね」

ルドルフも相槌《あいづち》を打つ。

「林檎酒の輸入も増えているから、合う料理が多いに越したことはないな」

ロベールにもそう言ってもらえ、三人にもお墨付きをもらい、安堵《あんど》した。目論見《もくろみ》は成功だろう。

バゲットが余るという問題も解決できるので、まさに一石二鳥だ。カウマンの機嫌も良い。

「アーニャもごゆっくりどうぞ」

「う、うん……」

エアノーラを気にするアーニャはややぎこちなさがあるものの、どうにか返事をしていた。

他の客の接客や会計などをこなしつつ、空いた皿を回収して厨房へと引っ込む。

忙しそうに調理するカウマンが胡椒《こしょう》ミルに手を伸ばし、ゴリゴリ削っていた。

「しまった、もう中身がなくなる。ソラノちゃん、上からストック取ってくれないか」

「はい」

しかし踏み台の上に足を乗せ、めいいっぱい手を伸ばしたソラノがカウンターの上の棚扉を開けようと奮闘しても、全くと言っていいほど届かなかった。ヴェスティビュールのキッチンは牛人族であるカウマンたちに合う高さに造られているので、ソラノからすると高すぎるのだ。

「だめだ……踏み台を椅子の上に載せたら届くかな」

ソラノが腕を組みそんなふうに独り言を言っていると、背後に影が現れ、ソラノが乗っている踏み台に足をかけた。二人が乗るには狭すぎる踏み台の上、背後の人物がさらに体重をかけて手を伸ばすものだから、ソラノは前のめりになった。

潰《つぶ》されないように、カウンターに手をついてこらえる。

「わっ」

「おらよ」

「レオ君。ありがとう」

後ろにいたのはレオだった。

レオは身長が一九〇センチ近くあるため、踏み台に乗ればソラノの手が全く届かなかった棚にも楽々届いてしまう。

目当てのものを取り出してくれたレオは、踏み台から降りる前にソラノの頭に掌《てのひら》を乗せた。

「ソラノ、チビだな」

「えーっ、違うよ、皆が大きすぎるだけ！」

ソラノは自分をチビだと思ったことはない。

しかしレオは笑って言った。

「いーや、チビだね。踏み台乗ってても俺より小せえじゃん」

踏み台から降りてソラノの隣に立ったレオは確かに、踏み台の上にいるソラノよりも大きい。

ソラノはむくれた。

「牛乳飲む」

「今からじゃあもう背は伸びねえだろ」

「身長伸ばす魔法とかないの⁉」

「ねーよ」

無情にもそう言い放つレオ相手に、ソラノは「そんな！」と呻《うめ》いた。

二人のやり取りを、カウンターに座るデルイが複雑そうな顔で見つめていた。フォークに刺さって口に運ぶ途中だったパンペルデュを皿の上に戻し、グラスに手を伸ばす。いつもの表情が崩れ、なんとなく不満そうな、面白くなさそうな顔つきだった。

「相方として忠告してやろう」

「急になんだよ、ルド」

「いつもみたいに余裕ぶってると、足元すくわれるぞ」

デルイは呆《あっ》気《け》に取られて隣に座るルドルフを見た。ルドルフはデルイに容赦のない現実を突きつけた。

「彼女はお前に興味がない」

「……わかってるよ、そんなこと」

だからこそこんなにも気になるんだろうが。

その言葉はパンペルデュとともに胃の中に流し込んだ。

デルイは視線を再びソラノの方へと戻す。二人は既に仕事に戻っており、別々の動きをしている。

ソラノとレオは単なる仕事仲間であり、特別な関係にはないだろう。しかしそれは自分にも言えることだった。

店の従業員と常連客。

端的に言い表して、ソラノとデルイの間柄はその一言に集約される。それがデルイにはもどかしい。二人になって魔法を教えても、一緒に花祭りを回っても、ソラノの気持ちが動いた気配はまるでなかった。

（どうしたもんかな）

「悩め悩め。お前が苦しんでいる様子は珍しいから面白い」

「ルド、テメェ……」

面白がる相方を睨《にら》みつける。ソラノを見るデルイの目つきは獲物を前にした猛禽類《もうきんるい》のような鋭さがあり、ルドルフは若干同情していた。こうなるともう、逃げるのは不可能だろう。捕らえられるのは時間の問題だ。さながらソラノは追い詰められたウサギである。

そんなやりとりがあるなどとはつゆ知らず、今日もソラノは接客に勤《いそ》しむ。

今しがた出来上がったばかりのガレットを持って店内を横切ったレオが、ソラノに声を掛ける。

「ソラノ、店前にお客。悪いけど俺、今両手塞《ふさ》がってるからよろしく」

「うん」

店の前にお客様の姿を見つけたソラノは近づいた。どんなお客様だろうと、ソラノは心を込めておもてなしをするのみだ。

右手で店内を指し示し、とびきりの笑みを浮かべて。

「いらっしゃいませ。ビストロ　ヴェスティビュールにようこそ！」

Bistro
menu

# あとがき

本作品をお手にとって頂き、ありがとうございます。

というわけで、「天空の異世界ビストロ店」二巻が無事に発売されました。続刊できてほっとしております。

二巻はWEB版でいうところの二年目・春編と二年目・夏編の二つのエピソードを収録しております。が、二年目・春編にあたる花祭り編は書籍用にほぼほぼ書き下ろしました。

WEB版の花祭り編はどちらかというとのんびりほのぼのした話なのですが、如何せんソラノの活躍が少ないという部分がネックでした。

二巻執筆時、どういう話の作りにしようかなと首を捻《ひね》った結果、もっと事件性を増やそうという結論に至りました。

一巻でエア・グランドゥールという場所について掘り下げて書いたので、空港全体を使う話にしたいなぁと漠然と考え、ならば騎士の二人ももっと活躍させよう、王女様が出てくるのだから、当然ロベールも出さなくては、と色々考え、書籍版花祭り編が出来上がりました。

この結論が私の中でいつ出たのか定かではありませんが、一巻の引きをあのような形にすると思いついた時からなんとなく頭にあった気がします。何せ二巻でもパトリスを出そうと固く心に誓っていて、最初は存在しなかったパトリスのキャラデザインを「お願いします！　パトリスのキャララフを、作ってもらえないでしょうか‼」と無理やり担当編集さんに頼み込んだので……。担当編集さんには深く感謝しています。おかげさまでパトリスは今回、表紙・口絵・挿絵とフルコースで登場していますね。とても嬉《うれ》しい。

一巻のあとがきでも書いた通り、「天空の異世界ビストロ店」はWEB版と書籍版で時系列が異なっています。WEB版では店がリニューアルオープンした後、デルイとルドルフはバディを解消しているのですが、書籍版はバディが続行しています。そのため花祭り編では二人がソラノと一緒に事件を解決する話を書き下ろせたので、満足しています。デルイはアクション担当で、ルドルフは後方支援です。これは譲れない。

反対に、黒麦のガレット編はわりとWEB版のままになっています。細かな修正はありましたが、全体的な話の流れは変わりません。もう一度話を読み直し、書籍用に修正しながら執筆した結果、無性にガレットが食べたくなってガレットを食べに行きました。セルフ飯テロです。カリカリに焼けた生地のガレットが好きです。料理店ぽい話を書けたかなと思っていますがいかがでしたでしょうか。

さて二巻の引きがあの通りだったので、「え、この後の関係性は……⁉」「結局二人はどうなるの⁉」などなど気になる読者様もいらっしゃるでしょう。その答えをいち早く知りたいという方はぜひ、ネットで「天空の異世界ビストロ店」と検索してください。カクヨムで公開しているWEB

版が出てきます。書籍に比べて行き当たりばったり感が強いですが、無料で読めます。そしてソラノと気になる彼らの関係性が、出てくる、かも⁉ あくまでWEB版の一つの結末ですが。七〇万字ほど書いて公開されてますので、読み応え抜群ですよ。

それから別枠連載で、ソラノがこの世界に転移してくる四年前の話、デルイとルドルフのバディを主人公にした「異世界空港のお仕事！」というスピンオフも掲載しています。生真面目な騎士のルドルフが型破りなデルイに振り回されながら事件を解決していく話ですので、気になる方はぜひどうぞ。

イラストレーターのすざく様。今回も素敵なイラストで作品を彩って下さり、ありがとうございます。異世界ビストロの世界観にぴったりな、美味《おい》しそうで可愛《かわい》いイラストの数々にとても心が躍りました。個人的にカーバンクルがとても気に入っています。可愛い。苺《いちご》を食べている姿が、目に浮かぶ。あとは見開きの口絵の、いかにも「事件が起こっている‼」というイラストもお気に入りです。主要人物勢揃《ぞろ》いって、いいですよね。その他のイラストも勿論《もちろん》全部気に入っていますがこれは本当に語り出すと止まらなくなるので、自重します。

担当編集様には今回も色々とお世話になりました。花祭り編をマルっと書き直したいという旨は相談していて、書籍版のプロットにも了承をもらっていたのですが、それにしてもWEB版からあまりにも変えたので、初稿提出時にダメ出し食らったらどうしようとドキドキしていたのですが、無事に面白いと言って頂けて安心しました。

出版に携わって頂いた皆様方にも、この場で感謝の気持ちをお伝えします。

そして本作を手にとり、お読み頂いた読者の皆様、ありがとうございます。

読まれない本というのは悲しいものなので、読んで、面白いと思って頂けたのなら作者冥利《みょうり》に尽きます。

幸いなことにまだ商業作家としてやっていけそうなので、またどこかの書店で佐倉涼《さくらりょう》の名前を見かけたら「お、新作出してるな」と思ってやってください。

それではまたお会いできることを願っております。

佐倉涼

お便りはこちらまで

〒102－8177
カドカワBOOKS編集部　気付
佐倉涼（様）宛
すざく（様）宛

カドカワBOOKS

天空《てんくう》の異世界《いせかい》ビストロ店《てん》 2
～看板《かんばん》娘《むすめ》ソラノが美味《おい》しい幸《しあわ》せ届《とど》けます～

2023年 8 月10日　初版発行

著者／佐倉《さくら》　涼《りょう》

発行者／山下直久

発行／株式会社KADOKAWA

〒102-8177
東京都千代田区富士見2-13-3
電話／0570-002-301（ナビダイヤル）

編集／カドカワBOOKS編集部

印刷所／暁印刷

製本所／本間製本

本書の無断複製（コピー、スキャン、デジタル化等）並びに
無断複製物の譲渡及び配信は、著作権法上での例外を除き禁じられています。
また、本書を代行業者等の第三者に依頼して複製する行為は、
たとえ個人や家庭内での利用であっても一切認められておりません。

※定価（または価格）はカバーに表示してあります。

●お問い合わせ
https://www.kadokawa.co.jp/（「お問い合わせ」へお進みください）
※内容によっては、お答えできない場合があります。
※サポートは日本国内のみとさせていただきます。
※Japanese text only

©Ryo Sakura, Suzaku 2023
Printed in Japan
ISBN 978-4-04-075097-2 C0093

# 新文芸宣言

かつて「知」と「美」は特権階級の所有物でした。

15世紀、グーテンベルクが発明した活版印刷技術は、特権階級から「知」と「美」を解放し、ルネサンスや宗教改革を導きました。市民革命や産業革命も、大衆に「知」と「美」が広まらなければ起こりえませんでした。人間は、本を読むことにより、自由と平等を獲得していったのです。

21世紀、インターネット技術により、第二の「知」と「美」の解放が起こりました。一部の選ばれた才能を持つ者だけが文章や絵、映像を発表できる時代は終わり、誰もがネット上で自己表現を出来る時代がやってきました。

UGC（ユーザージェネレイテッドコンテンツ）の波は、今世界を席巻しています。UGCから生まれた小説は、一般大衆からの批評を取り込みながら内容を充実させて行きます。受け手と送り手の情報の交換によって、UGCは量的な評価を獲得し、爆発的にその数を増やしているのです。

こうしたUGCから生まれた小説群を、私たちは「新文芸」と名付けました。

新文芸は、インターネットによる新しい「知」と「美」の形です。

2015年10月10日
井上伸一郎